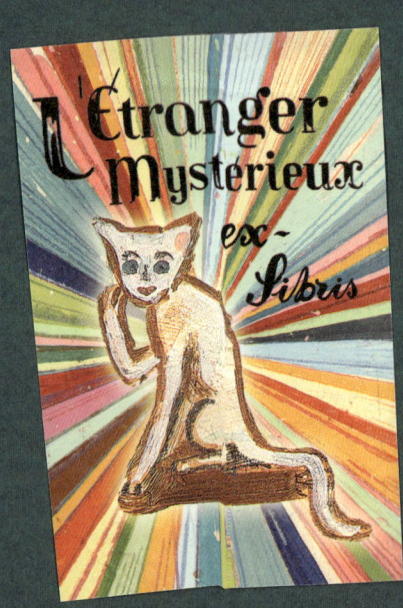

告 读 者

马克·吐温曾创作过多个版本的《神秘的陌生人》。

我们在此翻译的是1916年首次在美国发表以来传播最为广泛的版本，曾为世界各国千千万万的青少年所阅读。如今我们知道，最可靠、最完善的版本是《44号——神秘的陌生人：从水罐中找到并自由翻译的古老故事一则》，也就是法国的特里斯特拉姆出版社2011年4月以《44号——神秘的陌生人》为书名出版的译本。不过这个版本的故事过于复杂，其中蕴含艰深的哲学思想，对于我们的年轻读者来说比较晦涩难读。

后浪 插图珍藏版

神秘的陌生人

L'Étranger Mystérieux

Mark Twain

[美] 马克·吐温 著

张璐 译

ATAK [德] 阿塔克 绘

江苏凤凰文艺出版社

图书在版编目（CIP）数据

神秘的陌生人：插图珍藏版 /（美）马克·吐温
(Mark Twain) 著；（德）阿塔克绘；张璐译. -- 南京：
江苏凤凰文艺出版社，2024.9（2025.2 重印）
ISBN 978-7-5594-8404-8

Ⅰ.①神… Ⅱ.①马… ②阿… ③张… Ⅲ.①长篇小
说—美国—近代 Ⅳ.①I712.44

中国国家版本馆CIP数据核字（2024）第008335号

©2012, Albin Michel Jeunesse

神秘的陌生人（插图珍藏版）

[美]马克·吐温 著　[德]阿塔克绘　张璐译

编辑统筹	尚　飞
责任编辑	曹　波
特约编辑	郝晨宇
装帧设计	墨白空间·瑞文舟
内文排版	李　佳
营销统筹	陈高蒙
营销编辑	陈子晨
出版发行	江苏凤凰文艺出版社
	南京市中央路 165 号，邮编：210009
网　址	http://www.jswenyi.com
印　刷	天津裕同印刷有限公司
开　本	787 毫米 ×1092 毫米　1/16
印　张	11
字　数	66 千字
版　次	2024 年 9 月第 1 版
印　次	2025 年 2 月第 2 次印刷
书　号	ISBN 978-7-5594-8404-8
定　价	128.00 元

江苏凤凰文艺版图书凡印刷、装订错误，可向出版社调换，联系电话 025-83280257

第 1 章

时值 1590 年冬。

当时的奥地利与世界隔绝,仍在熟睡;时代还停留在中世纪,似乎永远不会改变。有人认为,从灵魂和精神的角度去看,甚至还要往前再推好几百年,应该属于信仰的时代。其实在他们看来,说属于信仰的时代,可不是嘲笑,反而算得上是种夸赞,大家都心知肚明,而且以此为傲。那时候我还是个小男孩,但是我记得很清楚,我还记得,自己从中感受到无比的快乐。

没错,奥地利与世隔绝,沉沉地睡着,我们村就在这睡梦的中央,奥地利的中心。在绵延起伏的幽谷和森林中,村子孤独地酣睡,一片祥和,无限满足,世界上有什么新鲜事儿都与它无关,不会来打扰它的美梦。小村前,河水静静地流淌,河面倒映着朵朵白云,还有小舟和驳船的影子。村子背面耸立着悬崖

峭壁,上方的树木枝繁叶茂;一座大城堡坐落在悬崖之巅,仿佛在严肃地俯瞰着周围,无数藤蔓密密麻麻,爬满了城堡的高塔和堡垒;河的另一面,左边四公里的地方,有一片高低起伏的山丘,覆盖着郁郁葱葱的森林,其间峡谷蜿蜒曲折,一丝阳光都照不进去;河的右岸耸立着一座高崖,俯瞰整条河流。在高崖与山丘之间,有一大片平原,还有几座小农场,深藏在果树林和成荫的小树林里。

目之所及,整片地区都是某位亲王的世袭领地。他的仆人众多,一直把城堡照料得很好,随时可以入住,可亲王和家人每五年才来一次。他们来的时候,仿佛世界之主来了似的，那阵仗，像把他那几大王国的所有荣耀都带了来；他们离开以后，留下一片寂静，如同狂欢醉酒后酣然入睡一般静谧。

  对于我们这样的小男孩来说，埃塞

尔多夫村就是天堂。没人逼我们花时间去学知识。大人总教育我们，要做一个好基督徒，要敬畏圣母玛利亚，敬畏教会，尤其敬畏所有的圣人。除了这些，我们不用学其他知识；事实上，大人甚至不允许我们学知识。对于凡人来说，知识毫无价值：学了知识，凡人就会开始非议上帝赋予他们的遭遇，上帝可不能容忍有人对他的计划指指点点。

我们这里有两位神父。一位是阿道夫神父,他虔诚热情,精力充沛,大家都非常尊重他。

或许他算不上最好的神父,但在我们教区,没人像他那样如此受人敬重,同时又为人所畏惧。因为,要知道,他连魔鬼都不怕。据我所知,他是唯一一个大家能确定的不怕魔鬼的基督徒。也正是因此,人们对他产生了深深的畏惧感,觉得他身上有超自然的特质,不然他怎能如此大胆放肆!所有人谈起魔鬼的时候,内心都深深地拒绝,但他们依然抱着敬畏的态度去谈,一点也不洒脱。阿道夫神父就完全不同:他说起魔鬼的名字,就跟说普通人名一样,听到的人都吓得浑身颤抖;他经常以傲慢的态度提到魔鬼,还不乏取笑的口吻;这时候,大家就互相使个眼色,赶紧走开,生怕噩运落在了自己头上。

阿道夫神父是真的直面过撒旦好几回,还向他发起过挑战。这是众人皆知的。是阿道夫神父自己讲的。他从不把这当作秘密,而是公开地侃侃而谈。而且,至少有一个证据能证明他所说的是真话,因为有一次,他与敌人撒旦争辩的时候,鼓起勇气把自己的瓶子砸了过去,现在还能看到他自修室的墙上留着浅红色的污迹,就是砸碎的瓶子在上面留下的。

可我们最喜爱、最同情的是另一位神父,彼得神父。有人怀疑他曾在与人交谈时说过,上帝的善是无限的,上帝将拯救受折磨的人类。这样怀疑他太可

恶了，但是并没有绝对的证据能证明彼得神父说过，以他的性格不会说这样的话，因为他总是表现得非常温柔善良、坦诚直率。谴责他的人说他是在教会门口路过时讲的，而并没有说他是在教会一众面前讲的，不然教会里的人听到就可以出来做证。对于他的敌人来说，编故事还不是轻而易举的事嘛。说到死对头，彼得神父的确有一个，而且非常强：他就是占星家——住在山谷高处破败不堪的老高塔里，整晚整晚地观察星星。众所周知，他能预言战争和饥荒——这也算不上什么本事，因为世上总有战争，也总有地方会发生饥荒。可他有一本厚重的魔法书，能帮他借助星象给人算命，或是找回丢失的物件，所以在村子里，除了彼得神父，所有人都害怕他。就连曾经与魔鬼对抗的阿道夫神父也不例外，每次占星家来我们村，他都表现得十分尊重。占星家头上戴着硕大的尖顶帽，身穿宽袖长袍，袍子上点缀着星星，腋下夹着他那本厚厚的魔法书，另一只手握着

著名的魔法杖。据说有时候，就连主教大人也会听他说话，因为他除了研究星象，算命预言，还非常会展现他的虔诚之心，这当然就给主教大人留下非常好的印象了。

彼得神父可不会被占星家诓骗。他公开揭露，说占星家就是个江湖骗子，是个伪君子，无知之人，不比谁厉害，连普通人都不如。占星家自然是恨透了他，恨不得他死掉。但我们所有人都深信不疑，彼得神父这番冒犯的言论就是占星家传出来的，是占星家直接在主教面前讲的。传言说，彼得神父这话是对他的侄女玛吉特说的。而玛吉特则为神父辩护，说没有这回事：她乞求主教相信她，免除对她那年老叔叔的惩罚，让他从贫穷与不幸中解脱出来。主教认为，不能以一人之言就将彼得神父逐出教会，可依然将他无限期停职。所以彼得神父被人排斥已经两年了。我们的另一位神父，阿道夫神父，则接管了原本属于彼得神父的那些信徒。

这些年来，老神父和玛吉特过得异常艰辛。他们原本受人敬爱，却因为主

教的惩罚,境遇彻底改变。很多朋友与他们完全断绝关系,其他人则对他们冷眼相待,与他们保持距离。这些糟心事刚刚发生的时候,玛吉特还是个十八岁的迷人姑娘。她是村里最聪明的姑娘,会很多手艺。她教人弹竖琴,自己挣钱买衣服,赚零花钱。可她的学生一个接一个地走了;村里年轻人开舞会和晚会的时候,也没人想起她来;年轻男子不再去她家拜访,除了威廉·迈德林,他倒是一直很努力,只不过玛吉特始终对他提不起兴趣。玛吉特和她叔叔在被遗忘与不幸中悲伤度日,就连阳光也照不进他们的生活里。这两年,他们的日子每况愈下。衣服越来越破旧,就连面包也快买不起了。现如今已到穷途

末路。

所罗门·伊萨克以房屋为抵押,借给他们很多钱,明天他就要来讨债了。

第 2 章

我们三个小男孩……

总是形影不离,自幼就是这样,因为我们一直青睐对方,年龄越大越是如此:尼古拉斯·鲍曼是地方法院首席法官的儿子;塞皮·沃尔迈尔是最大的旅馆——金鹿旅馆的老板之子,这座旅馆拥有一座美丽的花园,绿树成荫,一直延伸到河岸,在那里可以租条小船,泛舟河上;而我,西奥多·菲舍尔,是教堂管风琴演奏师的儿子,我父亲也是村铜管乐队的指挥、小提琴老师、作曲家、征税员、教堂圣器室管理人,还是个在很多方面都非常有用的公民,受到所有人的敬仰。我们跟飞鸟一样,对山丘、对树林了如指掌。因为只要我们不在忙着游泳、划船、钓鱼、在冰上玩,或是滑小雪橇,一有空闲就会去那儿转悠。

我们还能享受城堡的花园,这可是少有的特权。因为城堡最年长的男仆菲利克斯·勃兰特很喜欢我们。我们通常晚上去,听他回忆过往,讲述奇观异象,跟他一块儿抽烟(这是他教我们的)、喝咖啡,因为他曾经参加过战争,在维也纳之围中活了下来。那时候土耳其人被打败后退兵,奥地利人在战利品中发现了成袋的咖啡,土耳其俘虏房解释了咖啡的特性,还有冲泡出美味饮品的方法。从此以后,他就一直带着咖啡,自己喝,也给没见过咖啡的人喝,叫他们惊掉下巴。暴风雨之夜,他留我们过夜,外面电闪雷鸣,他就给我们讲幽灵,还有各种恐怖故事,讲血战沙场,讲杀人凶案,讲残肢断骨,总之都是些令人毛骨悚然的故事,让我们觉得还是在他这里更舒适,更安逸。多数故事都是他的亲身经历:他曾经见过很多幽灵、女巫,还有魔法师。有一回半夜,也是风雨大作,他在山里迷了路,在闪电划下的光亮中,他看见了"狂猎者"*,脚边跟着几只幽灵犬,正踏着雷电,穿过堆积一团、危机四伏的云朵。夜里,他还见过一次梦魇,碰到过几次巨型蝙蝠,蝙蝠趁人们酣睡的时候,一面给他们轻轻地扇风,让他们沉睡,一面在他们脖子上吸血,到他们死为止。

他叫我们鼓起勇气,不要恐惧幽灵这样超自然的东西。他觉得,幽灵不会伤人,他们只是因为孤独或者苦闷,喜

---

* 欧洲民间神话中参与"大狩猎""狂猎"的猎人,可以是精灵、仙女、死人等。大狩猎的传说通常与夜间暴风雨、大风、鸟类迁徙等自然现象相关。——译注(本书若无特殊说明,均为译注。)

欢到处游荡而已,只是希望引起别人的注意,我们应该对他们好一点,有些同情心。没过多久,我们就学会了不再害怕幽灵,有时候,我们甚至会跟他一起,趁半夜去城堡监狱闹鬼的房间。幽灵只出现过一次:他清清楚楚地从我们面前飘过,在空中悄无声息,然后消失不见。我们几乎没有发抖,因为我们的朋友已经让我们训练有素了。他说,幽灵有时会在半夜来找他,用湿润的手掌摸他的脸,把他弄醒,但是并不伤害他。幽灵只想被人看见,获得同情。可最奇异的事情是,他见过天使,天堂来的真正的天使,他还跟天使们说过话。天使不长翅膀,他们穿着衣服,说话行事都跟我们每个人一样,要不是他们能施展神力,完成人类做不到的神迹,根本没人会知道他们是天使。还有,他们说话说到一半,会突然消失,这也是人类做不到的。他口中的天使既可爱又快乐,跟阴郁忧愁的幽灵完全相反。

那是5月的一个晚上,我们又进行了一次这样的对话。第二天,我们跟他舒舒服服地吃了一顿美味的早餐,便下山去了。我们过了桥,爬上山丘之间左边那座绿树繁茂的小山头,我们特别喜欢这里。我们躺在绿树荫下的草地上,想休息一番,抽点烟,再聊聊那些怪诞的事情,因为我们满脑子都是那些故事,印象太深刻了。可我们糊里糊涂,忘带点火的工具了,没法抽烟。

这时候,走来一位年轻男子,他静悄悄地出现在绿树之间,向我们走过来。他坐了下来,友善地跟我们说话,就好像与我们认识一般。可我们并不回答他,因为他不是我们这里的人,我们都很腼腆,不习惯跟陌生人打交道。他穿着一身新装,颇有品位;他的举止也很高雅,面容俊俏,声音悦耳;他一副气定神闲的模样,儒雅直爽,不像其他年轻男孩,邋邋遢遢,笨手笨脚,总是忸怩不安的样子。我们想跟他交朋友,可不知道应该如何去做。这时候我想到了烟斗,想问问他喜不喜欢抽烟。可我又恼火地想起来,很可惜,我们没带火。他却猛地抬起头来,满脸喜悦地说:"要火?那太容易了。我给你们。"

我呆愣在那里,我可一个字还没说呢。他把烟斗捏在手里,在上面吹了口气,烟草上闪起了红光,一缕蓝烟袅袅升起。

我们一跃而起,撒腿就跑,可刚跑出几步路,就听见他温柔的声音,请求我们留下,说不会伤害我们,只想跟我们做朋友,跟我们在一起。于是,我们停下脚步,站着不动,我们既好奇又惊讶,很想走回去,但又觉得回去太冒险,心里怕得不行。他继续劝我们,他说话特别温柔,特别让人安心。我们见到烟斗既没有爆炸,也没有其他可怕的事情发生,于是慢慢放下心来,好奇心逐渐战胜了恐惧。我们靠近他——但是非常非常慢,有一点风吹草动就想逃走。他

想方设法让我们放松下来,办法可不少。在这样一位心慈面善、情真意切的人面前,实在是很容易放下戒备,况且他说话那么惹人喜欢;不,应该说他征服了我们——没过多久,我们就开始信任他,彻底放松,滔滔不绝起来,很高兴认识了这位新朋友。我们开始无话不谈,于是问他刚才的戏法是从哪里学来的。他说他可不是学来的,他天生就会,还会其他的,其他稀奇古怪的把戏。

"您还会什么?"

"我会的那可多了。我数不过来。"

"您能变给我们看看吗?"

"对对,请变给我们看看!"另外两个小伙伴也这么说。

"你们看了不会又被吓跑吧?"

"不会,当然不会。来吧,来吧,您愿意吗?"

"我很乐意。不过你们别忘了刚才的承诺。"

我们向他保证不会逃跑,于是,他走到小水塘边,回来的时候,手里捧着一个叶片折成的杯子,里面盛着水,他在叶片上吹口气,然后扔出去:水变成了一块冰,而且是树叶杯子的形状。我们惊叹不已,完全着了迷,一点儿都不觉得害怕;反而觉得特别幸运,便让他再变几个戏法。他开始变起来。他说要变出我们想要的水果,什么季节的都可以。我们同时说:

"一只橙子!"

"一个苹果!"

"一串葡萄!"

"都在你们口袋里了。"他说。

是真的。而且都是最新鲜娇艳的水果,我们狼吞虎咽,吃了个精光,心里同时惋惜没多要点,但是没人把话说出口来。

"口袋里还有呢,"他告诉我们,"还有你们喜欢吃的其他东西,你们根本不需要把想要的东西说出口,只要我跟你们在一起,你们就只须想想,立刻什么都有了!"

他说的千真万确。我们从没见过这心。他用黏土捏一只小松鼠,小松鼠噌地爬上树,蹲坐在我们头顶的树枝上,冲我们吱吱叫。然后,他又捏一只跟小老鼠差不多大的狗,狗发现了松鼠,在树下打着转狂吠,跟真狗一样激动,一样真实。受了惊吓的松鼠

样的奇迹,这么厉害。面包、蛋糕、糖果、坚果——我们所有想要的都出现了。他自己倒是什么也不吃,只是坐着跟我们闲聊,展示各种奇特的戏法,逗我们开从一棵树逃上另一棵树,狗就在下面追,直到双双消失在森林里。他又用黏土雕琢出几只飞鸟,将它们放飞,鸟儿唱着歌飞上了天。

最后，我鼓起勇气问他，他究竟是谁。

"天使。"他的回答简单明了。

他又放飞了一只小鸟，然后拍着手，帮助它振翅高飞。

听到他的回答，敬仰之情在我们心中油然而生，其中也掺杂着恐惧。可他一直对我们说，不用担心，不用害怕天使，而且他非常喜欢我们。他继续跟我们闲聊，说话简单随意，他边说边捏出一群小人儿，有男有女，个头比手指还短，小人们立刻干起活儿来，在草地上清出一块巴掌大的空地。他们开始在地上建造起一座美丽的小城堡，女人们搅拌砂浆，把砂浆放进桶里，头顶着桶爬上脚手架，就跟我们的女工匠一样，男人们则一层一层地砌着石块：五百个小人儿一齐干活，就像为此而生一样，一刻也不休息，不停地擦掉头上的汗水。

我们观察着五百个小人儿，看着城堡一点一点变高，逐渐成形，慢慢对称，我们的恐惧感也很快退去，再次放下心来。我们问他，能不能让我们也造些城堡的人物出来，他同意了。他叫塞皮造城墙上的大炮，叫尼古拉斯捏穿护胸甲、捆绑腿、戴头盔的持戟步兵；而我，负责造骑兵，还有军马。给我们分配任务的时候，他叫了我们的名字，但是并没有说他是从哪里得知的。然后，塞皮问他叫什么名字。

"撒旦。"他平静地回答，一面将一块树皮向前伸出去，接到一个从脚手架上掉下来的女小人。他把小人儿放回原处，说道："她真蠢，也不看好路就往后退。"

我们都被这个名字震惊了。我们的手一松，正做着的东西从手里掉落下来，一架大炮，一个步兵，还有一匹马，都摔成了碎片。撒旦大笑起来，问我们怎么了。

"没什么，"我说，"只不过天使叫这个名字很滑稽。"

他问我为什么这么说。

"因为这……这……不管怎么说，这是他的名字。"

"没错……是我叔叔的名字。"

他说这句话的时候声音异常平静，但这一刻，我们都屏住了呼吸，心怦怦直跳。他似乎没有察觉，只是用手指碰了一下我们的小泥塑，将它们修复好，然后把完成品递给我们，一面说：

"你们忘了吗？他过去也曾经是天使。"

"这倒是真的，"塞皮承认说，"我从来没这么想过。"

"堕落之前，他也是无可非议的。"

"没错，"尼古拉斯强调说，"他没有任何原罪。"

"我们家可是个好家族，"撒旦又说，"再找不出更好的咯。他是唯一有过原罪的家族成员。"

我不知道该如何形容我激动的心情。您能想象吗？人目睹如此奇特、迷人又神奇的事件的时候，是会浑身颤抖的！一生中能亲眼见到一次，就让人欣喜若狂，又心惊胆战。要知道，在这样的情况下，人会目瞪口呆，屏住呼吸，只想在这里待着不动。我有个问题急切地想要问他。这问题已经到了嘴边，忍不住就要出口，可我又不敢去问。我怕这样不够礼貌。撒旦刚捏出一头牛放在地上，便抬起头冲我微笑，他说："这没什么不礼貌的，就算不礼貌，我也会原谅你。你想问我有没有见过他？我可见了千百万次。从我还是一千岁的小男孩起就见到他了，用人类的话来说，在家族血脉、家族谱系中，他最喜欢的小天使里，我可是排第二呢。没错，按照你们人类计算时间的方法来算，从那时候起到他堕落，一共八千年。"

"八千年！"

"对呀。"

他转向塞皮继续说，仿佛在回答塞皮脑海中提出的问题。

"表面看起来我确实像个年轻人，我也算是年轻人！在我们那里，你们所说的时间是非常宽泛的，要过很久很久，天使才能成年。"

我脑中又浮现出一个问题,他转向我回答道:"按照你们的算法,我有一万六千岁。"

随后,他又转向尼古拉斯说:"没有,堕落并没有对我产生影响,对我们家其他亲人也没有影响。只有跟我同名的他吃了树上的果实,还骗亚当和夏娃也吃了。我们其他人始终毫无原罪;我们没法犯罪;我们身上没有污点,也会永远保持下去。我们……"

就在这时,两个迷你小人儿吵起架来,用嗡嗡的小声音对骂;终于他们大打出手,满脸是血;然后豁出命一样展开肉搏。撒旦伸出手,用手指把他们碾碎,他把他们扔掉,用手帕擦了擦被染红的手指,然后继续他没说完的话:"……我们没法伤害别人,我们没有能力这么做,因为我们不知道什么是伤害人。"

在这情况下说这话实在欠妥,可我们几乎没有意识到。他刚刚毫无理由地杀人,让我们无比伤心和震惊。因为这确确实实是杀人,而且毫无缘由;既没有借口,也没有任何理由可以减轻他的罪行,因为这两个小人儿并没有伤害到他。我们很是痛心,因为我们很喜欢他。我们以为他高贵优雅,宽容大度,真心诚意把他当作天使。却看到他做出这样残忍的行径……哎!在我们眼里,他不再高大,可我们之前是那么为他骄傲!

他还在说着,向我们讲述他那些疯狂的冒险故事,他在我们的太阳系,以及广袤宇宙中其他遥远星系里的大千世界中有趣的见闻,还有住在那里的不朽之人的风俗习惯。尽管悲伤的一幕就在我们眼皮子底下发生了,可我们还是为他心醉神迷。死去小人儿的妻子发现了他们被碾碎的尸体,没了人形,她们为丈夫流泪,号啕大哭,哀鸣不断。一个神父跪了下来,双手交叉在胸前,为他们祈祷,一群友人心怀怜悯,围绕在他们身边。他们摘下帽子以示敬意,然后深深地鞠躬,众人纷纷流下了泪水。

撒旦对此却毫无兴趣,直到窸窸窣窣的哭声和祈祷声让他觉得厌烦。于是,他拿起我们秋千的厚座板,啪的一下拍在所有这些人头上,把他们像苍蝇一样拍扁,同时还一直在跟我们说着话,一点儿都没觉得有什么不妥。

一个天使,杀掉了一位神父!一个无法伤害人的天使,却冷血地毁灭了上百人,手无寸铁的人,对他毫无威胁的人!我们目睹了如此重罪,遭受了这场灾难的人中——除了神父之外——没有一个人意料到这一切,因为没人听说过弥撒,没人见过教堂,想到这里,我们悲痛欲绝。我们是证人:我们见证了这场杀戮,我们有责任说出去,让他受到应有的惩罚。

可他一直在说,他的声音构成了一曲美妙的旋律,叫人无法抵抗,让我们再次陷入了他的魔力之中。他让我们忘却了一切,我们只能听他说话,爱他,成为他的俘虏,为他做他所想要的一切。他让我们沉醉在和他在一起的快乐之中,在他双眼的极乐世界中沉沦,只须碰到他的手,我们浑身上下每一个毛孔都在颤抖,让我们如痴如醉。

34

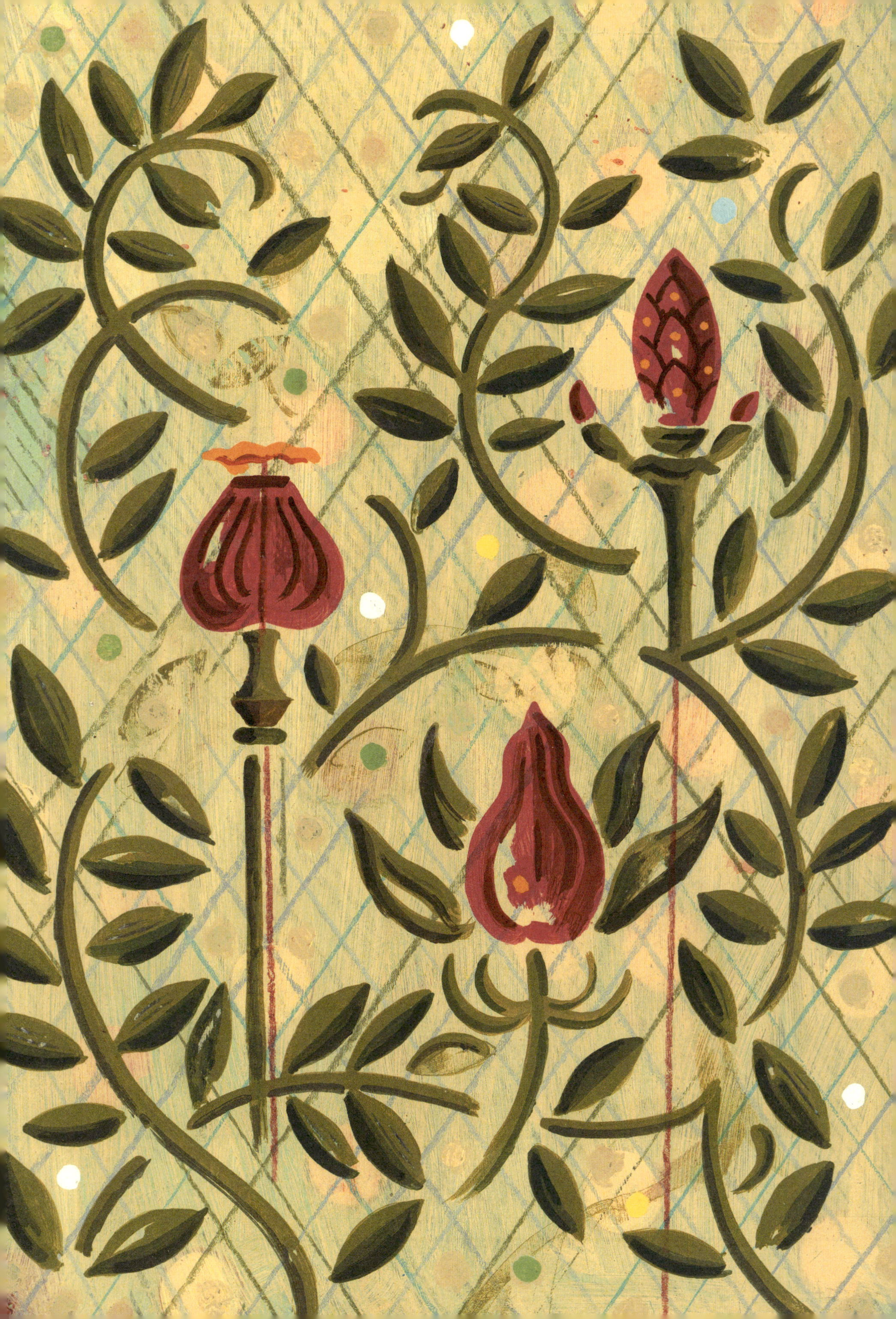

第 3 章

陌生人什么都见过……

他哪里都去过，他什么都知道，还什么都忘不掉。他只须看一眼，就能记住常人要花很长时间才能学会的东西。他不知道什么叫作难。他给我们讲述的故事都绘声绘色。世界被创造出来的时候，他就在场；他见过亚当出生；他见过参孙冲向神庙的支柱，将神庙夷为废墟；他见过恺撒之死；他讲述在天堂的日子；他见过坠入地狱的人在地狱的火红波浪中翻滚。他向我们展现这一切，仿佛就在我们面前，亲眼所见；我们不仅看到了，还感受到了。可对他来说，这些事都无足轻重，只能算作消遣。在这些地狱场景中，可怜的婴孩、女人、男孩、女孩和男人忍受着酷刑，他们尖叫、哀求……我们无法忍受，他却冷酷无情，仿佛面前只有一群老鼠木偶，在玩偶剧院的大火中被灼烧。

而且每次他说起人类和人类的行

为——哪怕是最伟大、最神圣的——也会让我们暗自羞耻，因为他说话的态度让人觉得人类无比渺小，不值一提。通常，如果我们不知道他在说男人和女人，我们甚至会以为他在谈的是苍蝇。他甚至向我们承认，从本质上来看，他觉得我们的同类真是非常有趣，这些人平庸、无知、粗俗、虚荣、病态、丑陋，而且说实话，不过是一帮一无是处的可怜人。这是从他的角度观察的结果，不带有一丝恶意，他这样说就好像人们在谈论一块砖头、一坨屎，或是其他无关紧要、没有情感的东西。我很清楚，他并非有意惹我们不快，但是凭良心讲，我觉得他非常无礼。

"我不礼貌？"他惊叹道，"可我只说真话：这才是真正的礼貌。礼节什么的都是虚的。城堡竣工啦。你们喜欢吗？"

看到这宏伟的建筑，我们不得不爱。城堡看起来非常精致：既迷人又和谐，每个细节都设计得非常巧妙，就连墙角塔上的小旗都发出"啪啪"的声音。

撒旦宣布，可以把大炮安上去了，放上持戟步兵，布好骑兵。我们的兵马还是值得一看的！他们一点也没有应该有的样子，很正常，我们又不是心灵手巧的雕塑家。撒旦跟我们推心置腹地说，这是他见过最丑的兵马；他们的腿长短不一，他用手触摸让兵马活过来的时候，他们前进的样子特别滑稽，像喝醉了酒似的，摇摇晃晃，让周围的人都很危险，最后自己倒在地上，爬不起来，无助得很，只能傻傻地蹬着双腿。这幅令人心酸的场景让我们开怀大笑。我们在武器里塞上土，让礼炮齐鸣，可武器做得歪歪斜斜，不成形状，一个个都炸开了，开炮的、射击的士兵，死的死，伤的伤。于是，撒旦决定，只要我们愿意，就可以掀起一场暴风雨，甚至来一场大地震，他建议我们往后退，不要伤着我们。我们想对小人们说话，让他们也逃走，但是他让我们打消这个念头。他让我们放心，小人儿根本无关紧要，如果我们乐意，可以重新做些。

一朵小小的乌云笼罩在城堡上，迷你闪电划过，雷声轰鸣，土地震颤起来，风呼啸着，大雨落下，所有的小人儿都跑进城堡避雨。乌云更黑了，几乎将我们面前的城堡完全遮住。闪电不断劈下，惊雷落在城堡上，城堡着了火：能看见里面火光冲天，鲜红而致命的火焰直冲云霄。小人们惊叫着又跑出城堡，可撒旦用手背把他们推回城堡，就算我们在

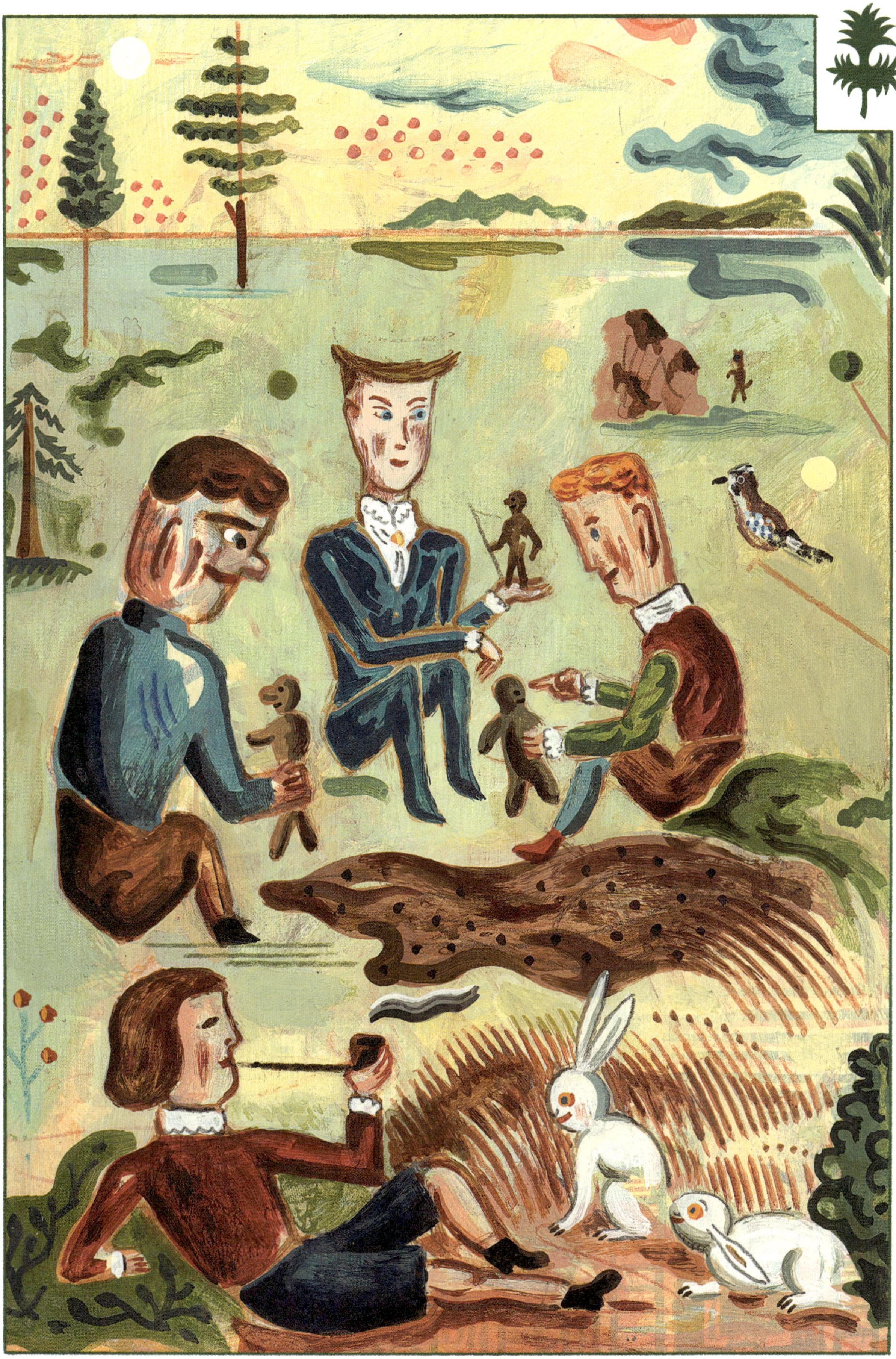

一旁哭喊着哀求，他也无动于衷；在呼啸的风声和滚滚雷声中，弹药库爆炸了。地震将地面撕开一条深沟，所有留在城堡里的人都陷进了巨缝，巨缝就在我们眼皮子底下将他们一口吞下，重新闭合，将这些无辜的生命活活带走，五百个可怜的小人儿一个活口也没留下。这一幕让我们痛彻心扉，眼泪止不住啪啪往下掉。

"别动不动就哭啊。"撒旦对我们说，"他们都不值一提。"

"可他们都落入了地狱！"

"那有什么关系。我们想要的话还可以再做一些。"

想让他感动根本就是妄想：很显然，他完全没有感情，无法理解人的情感。他心情大好，就像参加了一场婚礼一样喜悦，完全不像经历了一场可怖的大屠杀。他坚持要我们一起分享他的喜悦，很显然，他的魔力又帮他做到了。他没耗费一点气力，他想对我们做什么就做什么。很快，我们就在这片墓地上跳起舞来，他从口袋里掏出一把奇特的乐器，为我们伴奏，乐器声非常柔和。而那乐曲……这样的乐曲并非人间之曲，或许来自天堂：他告诉我们，那正是他从天堂带来的。音乐令人疯狂，因快乐而疯狂；而我们的眼睛完全离不开他，我们心底只有对他满满的爱慕。舞蹈也是他从天堂带来的，里面蕴含着天堂般的迷醉。

他向我们宣布，自己要去另一个地方了，要离开我们了。可一想到他要离开，我们就痛苦难忍，我们缠着他求他留下。他开心起来，告诉我们他很荣幸，还说他不会马上就走，会再等一会儿，他会再坐下来跟我们聊几分钟。他明确说，撒旦是他的真名，只有我们知道，他还取了另一个名字在外人面前使用：菲利普·特劳姆，一个普通的名字，跟其他人的一样。

这个名字既奇怪又平庸，怎么能放在他身上！可这是他选的，没得商量，他做了决定。

我们这天见了太多奇观，我隐隐约约地想，要是回家以后能讲给别人听该多好。可是撒旦发现了我的想法——

"不可以，"他对我说，"所有这些故事都是我们四个人之间的秘密。当然，你们如果高兴的话也可以试着讲出来，我会控制好你们的嘴，我想隐瞒的东西是不会从你们嘴里说出来的。"

这让我们大失所望。可我们无能为力，也就叹了叹气。我们继续愉快地聊天，他一直听我们脑海里的想法，然后回答我们的问题，我觉得这是他最厉害的天赋，可他打断了我的胡思乱想，对我说：

"你这就错了，对你来说可能很厉害，但对我来说没什么。我不像你们一样受限制。我不受人类的条条框框限制。我可以衡量理解你们人类的弱点，这些我都研究过，可我自身并没有这些弱点。我的肉体不是真实存在的，尽管你们看起来似乎能摸到实在的肉体；我的衣服也不是真的；我可是神灵。看，彼得神父来了。"

我们朝周围望了望,没看见任何人。

"你们还看不到他,但是他很快就会出现。"

"撒旦,你认识他?"

"不认识。"

"他来了以后您会跟他说话吗?他可不像我们这么无知和平庸,他要是能和您说话,一定会非常幸福!您不想这么做吗?"

"可能,下次吧,今天不行。我还是要走了。他来了,现在你们能看见他了。你们待在这里别动,什么也别说。"

我们抬起头,看见彼得神父在榛子树之间,正向我们走来。我们三个坐在草地上,撒旦站在我们面前的小路上。彼得神父走得很慢,低着脑袋,在想自己的事情。他在我们面前几步的地方停下,摘下帽子,掏出了他的丝绸手帕,在那儿擦额头上的汗,他似乎想跟我们说些什么,但是并没有说出口。然后,他咕咕哝哝地说:"我不知道自己怎么跑到这里来了,几分钟之前,我还在书房里……难道之前的一个小时,我都在做梦,而且不知不觉走完了这段路?真不明白发生了什么,我已经不知道自己是谁了。"

然后,他一面咕哝着什么,一面笔直地穿过了撒旦,仿佛那里什么也没有。眼前的一幕让我们目瞪口呆。我们差点儿尖叫起来,就像每次看到惊人的事情时那样,但是一股神奇的力量阻止了我们,我们喘着粗气,没有发出声音。很快,彼得神父慢慢消失在树后。于是撒旦又说起话来。

"我早就跟你们说过吧。我是神灵。"

"是啊,现在很明显了。"尼古拉斯承认道,"可我们,我们不是啊。很显然,他连我们也没有看见,难道我们也隐身了?他望向我们这里,可好像并没有看见我们。"

"没错,他看不见你们任何人,因为这是我想要的。"

能亲身经历这样浪漫神奇的事,真是太美好了,像一场梦。而他还在这里,和普通人一样——那么自然、简单,那么迷人,又像之前一样开始跟我们聊天,而且……啊!我们的感受无以言表。那是一种心醉神迷的感觉,是语言无法形容的;只能去体味,像美妙动听的音乐一样,无法描述给他人听,让别人也去感受。现在他又讲起了古老的时代,让一幕幕画面活生生地展现在我们眼前。他见过太多的事物!只是看着他,想象着他拥有如此多的经历,就已经让人觉得超乎寻常了。

可我们也很伤心,觉得自己太过平庸,像白昼一样转瞬即逝,既短暂又微不足道。而他并没说什么话来给我们打气,让我们恢复信心,是的,一个字也没有。他只是一贯冷漠地说着人类,仿佛在说一块砖头、一堆粪便,或是其他类似的东西。我们清楚,无论如何,人类都无法触动他的心。我们很明白,他并不想冒犯我们,就好像我们也不会去咒骂一块砖头一样;我们毫不关心砖头有什么样的情感,甚至不关心它是不是有情感。

当他把最著名的国王、征服者、诗人、预言家、海盗和乞丐——只不过是一堆砖块——放在同一个故事里讲给我们听的时候,我想为人类说话。于是我问他,为什么他把人类与自己看得如此不同。他思考良久,似乎不明白我为什么会提出如此怪异的问题。最后,他回答我说:"你想知道人和我之间的差别?一个有死之人和不朽之人之间的差别?一朵浮云和一个神灵之间的差别?"他捡起一只爬在树皮上的西瓜虫。

"恺撒跟这虫子的差别是什么?"

"我们没法比较这两样,不管是本

质还是差异的大小,都完全无法比较。"

"你刚刚恰好回答了自己的问题。人是黏土做的——我见过人被造出来。而我,我可不是黏土做的。人是个真正的疾病陈列馆,污秽的巢穴;人今天还在,明天就

死了；人生于黏土，在臭气中死去。而我，我来自不朽之人高贵的一族。而且，人有道德感。你明白吗？人是有道德感的。只要有道德感，就已经是非常大的差异了。"

他停了下来，仿佛已经回答完了问题。我很是懊恼，因为那时候，我对道德感只有些许模糊的认识。我只知道我们为拥有道德感而自豪，他这么说让我很恼火。我觉得自己就像盛装打扮、以

为大家都很欣赏自己的淑女，却听见陌生人的取笑一样。有那么一会儿，谁也没有说话。总之，我很伤心。然后撒旦又开始眉飞色舞地讲起故事来，既生动又愉快，我的心情瞬间又好了起来。他给我们讲述各种恶作剧的故事，让我们捧腹大笑；他给我们说参孙的故事，说他在狐狸尾巴上绑上火把，然后把它们放到非利士人的农田里去，他自己坐在栅栏上看，笑得人仰马翻，结果从栅栏上摔了下去，回想到这一幕，他也快乐起来。我们乐得像疯子一样。又过了一阵子，他终于宣布："好了，我该走了。"

我们的回答全都一样。

"别呀！请别走，再跟我们待一会儿吧。您肯定不会再回来了。"

"当然不会，我会回来的。我向你们保证。"

"什么时候？今天晚上？您要告诉我们什么时候。"

"不会太久。你们等着吧。"

"我们太爱您了。"

"我也是，我也很爱你们。我要给你们展示美妙的一幕，证明我很爱你们。通常我离开的时候，就只是突然消失，不过今天，我会慢慢地消失，让你们看看。"

他站起身来，一切发生得很快。他变得越来越透明，最后就像一个肥皂泡，只留下了他的轮廓。我们透过他能清楚地看见后面的灌木丛，就像我们透过肥皂泡能清楚地看到世界一样，他身上到处都闪耀着柔和的彩虹色，就像泡泡上的一样，甚至还能看到圆泡泡上那种玻璃窗形状的反光。您一定见过泡泡碰到地毯的时候，轻轻地跳两三下，然后炸开的样子。他也是这样。他升到空中，然后落在草地上，再升起，飘浮一会儿，再落在草地上……不断重复，最后终于啪地炸掉了！他之前所在的地方什么也没留下。

这一幕既奇特又美妙，我们眨巴着眼睛，说不出一句话来，内心赞叹不已，恍如梦境。终于，塞皮站起身看了看，忧伤地叹了口气："我估计这一切都不是真的。"

尼古拉斯也叹了口气，说了差不多的话。

我听到很不舒服，因为我也害怕，怕他们说的是真的。

就在这时，我们看见可怜的老彼得神父回来了，他这边走走，那边转转，

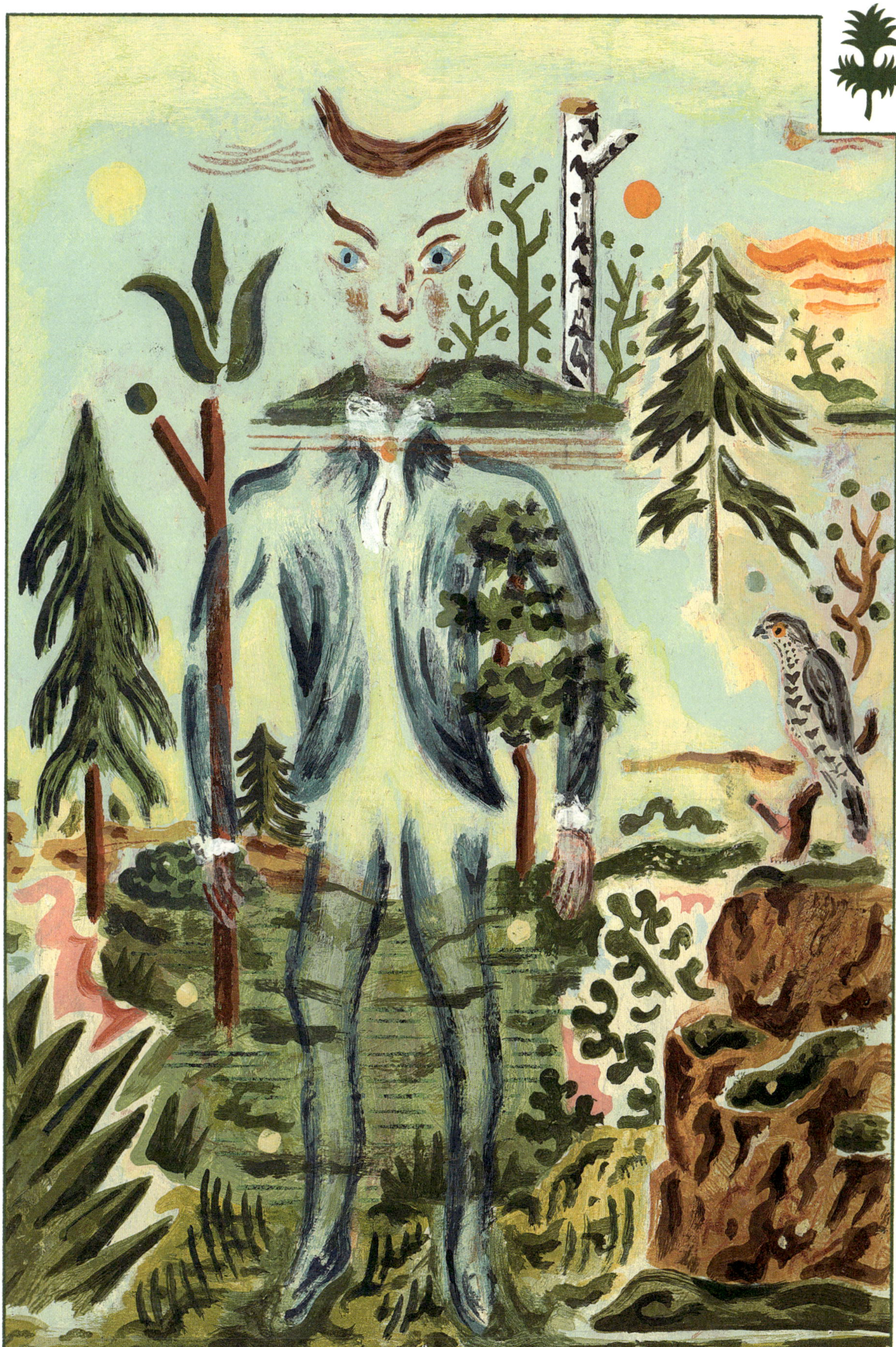

眼睛一直盯着地面。来到我们跟前的时候，他才抬起头来瞧见我们。

"孩子们，你们在这里很久了吗？"他问我们。

"有一会儿了，神父。"

"你们肯定是在我之后来的，也许你们能帮我个忙？你们是从小路上山的吗？"

"是的，神父。"

"那太好了。我也是。我弄丢了钱袋。虽然里面没多少钱，可那点钱对我来说已经很多了，那是我所有的钱。你们有没有碰巧看见我的钱袋？"

"神父，我们没有看见，不过我们可以帮您找。"

"我正想请你们帮忙呢。咦，钱袋在那儿！"

我们都没有发现：钱袋就在地上，正好在撒旦刚刚消失的地方……如果那一切不是幻觉的话。彼得神父捡起钱袋，一脸诧异。

"这确实是我的钱袋。"他说，"可里面的东西不是我的。钱袋鼓鼓的，可我的钱袋应该是瘪的呀，我的很轻，这个却很重。"

他打开钱袋：里面装满了金币。他拿过来让我们看个够，我们看呀看，从没一次见过这么多钱。我们三个张开嘴想说："这是撒旦干的！"可是我们发不出声音。就是这样：但凡是撒旦不想让我们说的，我们就没法说出来。他提醒过我们。

"我的孩子们，这是你们放的吗？"

听到他的话我们笑了起来。他也笑了，他很快明白自己的问题是多么地荒唐。

"有谁路过这里吗？"

我们的嘴再一次张开想回答问题，可张开的嘴发不出任何声音。我们没法

说"我们谁也没见到",这不是真相;我们又无法将真相说出口。思考片刻,我终于想到了个法子。

"我们没见过任何人类。"我说。

"说得没错。"两个小伙伴附和道,然后便闭上了嘴。

"怎么可能,"彼得神父一面严肃地盯着我们,一面回答,"我刚刚才从这里路过,当时一个人也没有,这说不通啊,肯定有什么人之后来过了。我不是说这个人肯定是在你们来之前走的,我也不是暗示说你们肯定见过他,但肯定有人路过,我知道的。你们能向我发誓……你们确实没有见过任何人?"

"我们没见过任何人类。"

"好吧,这就可以了,我知道你们说的是实话。"

他开始数钱。我们跪在小路上,帮他把金币堆成一摞一摞的。

"一千一百杜卡托,还要多出一些零头!"他说,"天哪!如果这些都是我的就好了……我太需要这笔钱了!"他的声音断断续续,嘴唇颤抖着。我们一齐对他说:"这就是您的,神父!里面的每一分钱都是您的!"

"不是的,这不是我的。只有四杜卡托是我的,其他的……"

他陷入了深深的幻想,可怜的老人啊。他跪在地上,抚摸着手中几枚金币,他没有戴帽子,露出满头花白的头发,看着着实让人心疼。

"不,"他回过神来说,"这不是我的。我不知道这笔钱是哪里来的。我想到了一个敌人……这一定是个陷阱。"

"彼得神父,"尼古拉斯说,"除了占星家,您在村里没有任何敌人,玛吉特也没有。半个敌人也没有,也没人这么有钱,能花上一千一百杜卡托来陷害您。您看我说得对吗?"

他的观点的确无法辩驳,神父又精神起来。

"但这确实不是我的……无论如何也不可能属于我。"

他的声音那么忧伤,让人觉得如果有

人反驳他，他并
不会生气，反而会
开心。

"这就是您的，彼得神父，我们可以为您做证。是吧，朋友们？"

"对，我们是证人。我们会告诉那些想知道来龙去脉的人究竟发生了什么。"

"我太感激你们了，你们几乎说服了我！几乎！如果我能有里面的几百杜卡托就好了……我们把房子抵押了这些钱，如果明天再不还，我们就要流落街头了。可我们只有四杜卡托……"

"这就是您的，全部都是，您应该拿走。我们保证，这很公平。是吧，西奥多？是吧，塞皮？"

我们俩都表示赞同。尼古拉斯把钱装回破旧的老钱袋里，将钱袋塞到神父手中。神父说，他只会花两百杜卡托，因为这笔钱足够赎回房子了，他会把剩下的钱留着，等真正的主人来拿；还要我们签一份证明，说清楚他得到这笔钱的来龙去脉，可以作为证据展示给村民看，证明他不是用了什么下三滥的手段才赎回房子的。

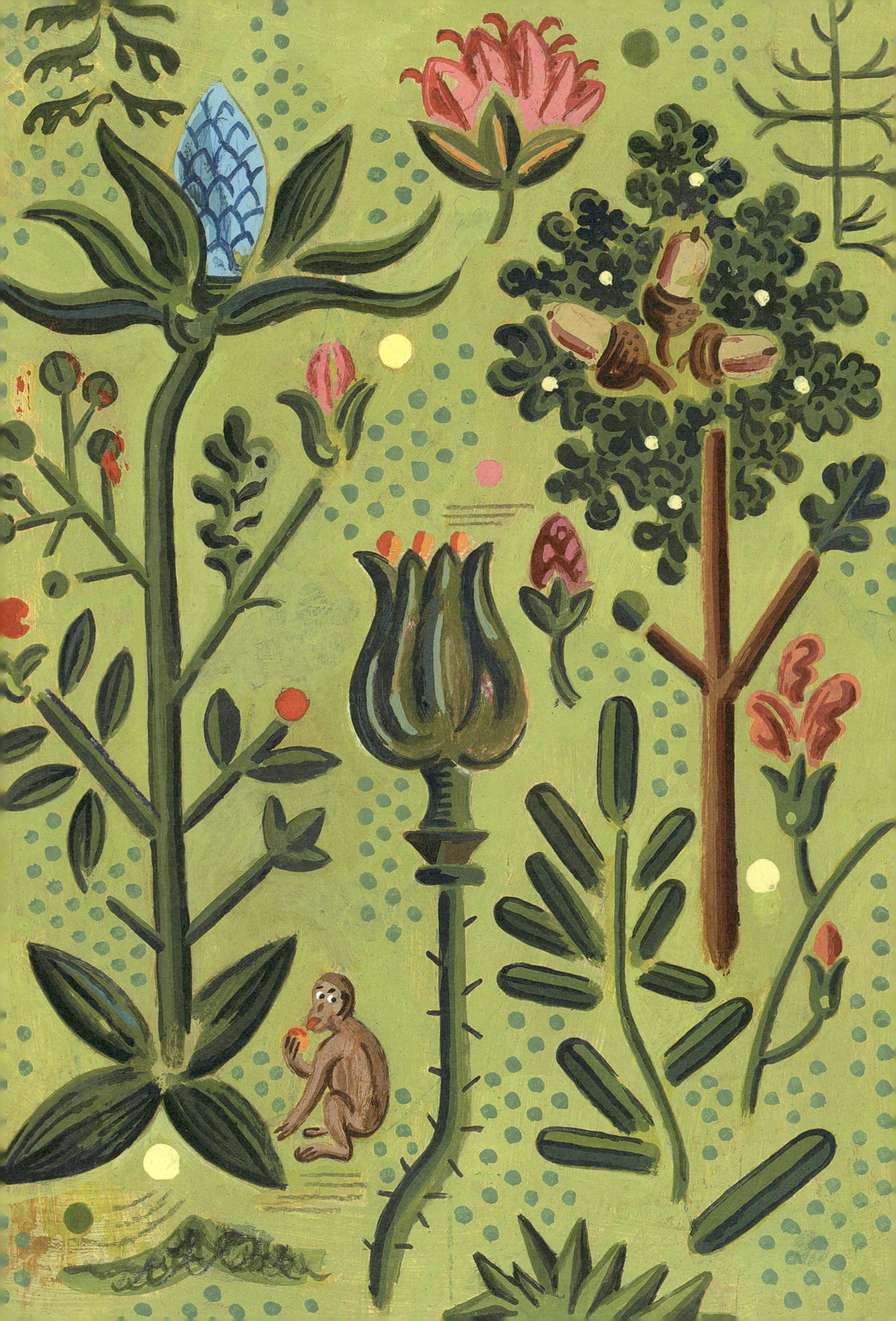

第 4 章

第二天，村里人议论纷纷……

彼得神父把金币还给所罗门·伊萨克,还把剩下的也给了他,可以生些利息。一切都变了,变得更好了:很多人到他家里祝贺他,有些待他冷淡的老朋友又变得客客气气了;最重要的是,玛吉特被邀请去参加一场晚会。彼得神父没有藏着掖着。他把发生的事情详细地讲给大家听,还强调自己也没法解释发生的一切,他觉得一定是上帝之手在帮助他。

有一两个教民摇着头,私底下说,这更像是撒旦做的事。当然,如此无知的村民竟然能看得那么透彻,还是让人

颇为惊讶的。有几个人偷偷摸摸地在我们身边转悠,想让我们"吐露真相",他们向我们保证,绝对不会说出去,只是想满足他们自己的好奇心,因为这场经历实在太离奇了。他们甚至愿意买下这个秘密,用真金白银来买,只要我们能编出一个答案……可我们根本做不到。我们没这份聪明才智编故事,所以只能放弃这个好机会,真是可惜。

要我们保守住这个秘密,一点儿也不难,可另一个秘密,大秘密,非凡的秘密,却让我们百爪挠心,我们多么想说出来,让所有人为之震惊。可我们必须保守秘密,事实上,这个秘密不需要我们克制也能被保守住。撒旦之前就跟我们说过,是真的。我们每天都去树林里,才能谈有关撒旦的话题。我们脑子里想的只有他,日日夜夜,我们都在守候着他,盼着他到来,我们越来越不耐烦。我们对其他男孩做的事一点兴趣也没有,也不再参加他们的游戏和活动。跟撒旦相比,他们都是凡夫俗子!与撒旦在古代、在星空中的经历相比,与他的神迹、他的消失、他的突然出现,与这一切的一切相比,他们的行为是那么平庸,毫无意义!

头一天里,我们一直无比焦虑,焦虑的原因非常明确,我们不停地找各种借口去彼得神父家,就是为了解决这个问题。就是金币的问题。我们怕金币化成灰,就像仙女变出来的钱一样。如果真是如此……可金币并没有化成灰。

傍晚的时候,没人来抱怨金币消失,我们这才放心下来,看来金币是真金子。

我们有个问题一直想问彼得神父,终于,我们在第二天晚上去了他家,还是在抽签之后才下定决心去的。我尽量用最冷漠的口吻去问，可听起来并没有那么冷漠，因为我不懂如何冷漠地提问："神父，什么是道德感？"

他很是惊讶，从大眼镜上方看着我，他回答说："道德感，就是能让我们区分善与恶的能力。"

我还是不太明白，他的回答完全不能令我满意，我有些失望，甚至有点困惑。他似乎在等着我继续说下去，但是我没什么可说的，于是问他："这很重要吗？"

"重要？老天爷啊！我的孩子，这是唯一将人与畜生分别开来的品质，让人能够永垂不朽！"

我再没有什么想说的，于是跟小伙伴走出房间。我们内心这种模模糊糊的感觉，你们肯定也感受过，我们仿佛已经被喂了很多食物，但就是觉得不够饱。我的小伙伴或许还想听些其他解释，但是我已经累了。

穿过音乐厅的时候，我们看见玛吉特正在给玛丽·鲁埃格尔上老式竖琴课。曾经抛弃她的学生已经回来了一个，而这个女生非常有影响力，其他学生也跟着回来了。玛吉特跳了起来，跑向我们。她眼泪汪汪地，再一次感谢我们（这是第三次了）救了她和她的叔叔。如果没有我们，他们已经流落街头了。

我们再次对她说，我们没做什么。可她就是这样，有人为她做了些什么的时候，她总是充满感激，于是我们任她表达感谢。我们路过花园的时候，威廉·迈德林正坐着等待，因为天色晚了，他准备约玛吉特下课后去河边散步。他是个年轻的律师，混得不错，一步一步往上走得很顺。他很爱玛吉特，她也做出了很多回应。他不像其他人那样离她远远的，而是一直陪伴着她。玛吉特和叔叔都看到了他的忠贞。他并不是那么有天赋，但是个善良的小伙子，这已经算不错的优点了，不会伤害人。他问我们课上到哪儿了，

我们告诉他快要下课了。也许课程确实快结束了，我们并不十分清楚，但我们觉得这么说能让他开心，而且又不花我们一分钱。事实上他听了的确非常开心。

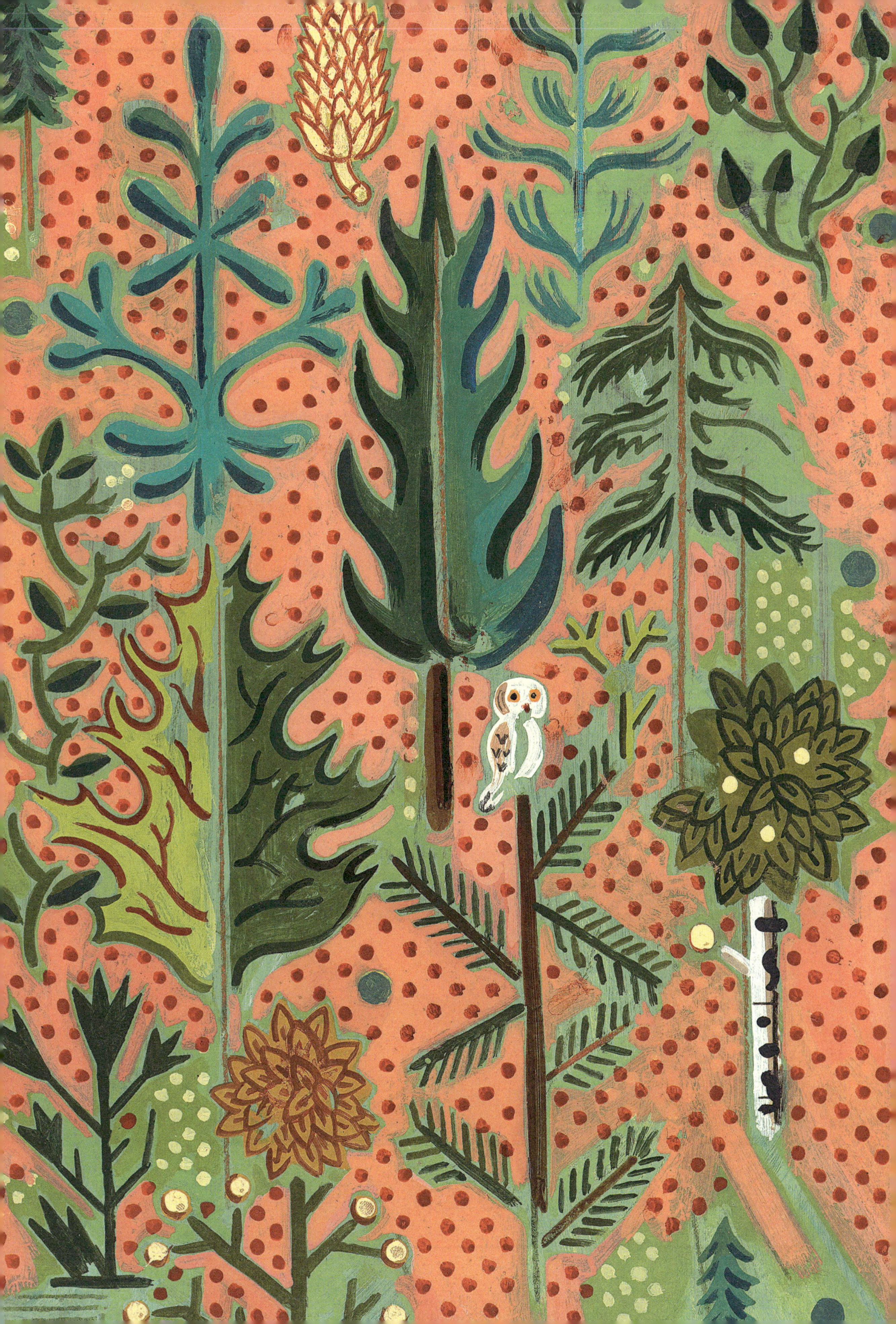

第 5 章

第四天，占星家来了……

他从山谷高处他那座坍塌的老高塔里来，想必是听到了传言。他把我们叫到一边问话，尽管他令我们感到恐惧，但我们还是尽力回答他的问题。他想了又想，思忖了很久。然后他问我们："你们之前说里面有多少杜卡托？"

"一千一百零七，先生。"

然后，他像在自言自语似的说："这也太不寻常了。对……太奇怪了。这也太巧了吧。"

然后他又问了我们一遍相同的问题。最后，他说："一千一百零六杜卡托。这可是一大笔钱。"

"是零七。"塞皮更正说。

"啊，是零七。你们确定吗？当然了，多一个杜卡托还是少一个杜卡托都不重要，可你们刚才说的是一千一百零六吧。"

再强调一遍并不明智，但是我们知道听错的是他。

"请原谅我们说错了，"尼古拉斯道歉说，"我们想说的是零七。"

"好吧，没关系，我的孩子，我只是发现你们说的跟刚才不一样。事情过了好几天，你们的记忆不那么准确也很正常。过去发生的事情如果没什么特殊之处，确实很容易记错。"

"不过当时确实有些不寻常之处，先生。"塞皮赶忙打断他说。

"发生了什么，我的孩子？"占星家冷冷地问。

"一开始，我们一起数金币，每个人数一遍，数出来都是一千一百零六枚。

可我在大家数之前偷走了一个,想留着自己玩。我后来又放回去了,还跟大家说:'我觉得数错了……我觉得有一千一百零七枚。我们再数一遍吧。'于是,我们又数了一遍,当然数出来就是一千一百零七。他们都很诧异。于是我把发生的事情告诉了他们。"

占星家问我们,是不是的确如此,我们说是的。

"那就很肯定了,"他说,"我现在知道谁是小偷了。孩子们,这笔钱是偷来的。"

说着,他便离开了,我们不知所措地留在原地,琢磨他说这话是什么意思。没过一个小时,我们就明白了,因为很快整个村子的人都得知了这个消息:彼得神父因为从占星家那里偷窃了一大笔钱而被逮捕。消息传得飞快。很多人觉得这不像彼得神父会做的事,应该是个误会;可有些人摇着头说,贫穷和生存的需求可是能把人逼到极致的。有一点是大家都认同的:彼得神父对这笔钱的来源的解释绝对不像真的。说到底,占星家倒有可能这样获得金币,可彼得神父根本不可能!很快,我们的声誉也被败坏了。我们是神父唯一的证人,他究竟给了我们多少钱,才让我们到处传播这荒唐的故事?村民们肆无忌惮、直截了当地这样说我们,我们恳求他们相信我们,他们却对我们百般嘲讽。父母对我们更加严厉。我们的父亲认为我们是家族的耻辱,勒令我们为这谎言付出代价,我们坚称自己说的是真话时,他们便出离愤怒。我们的母亲泪流满面,求我们把收下的钱退回去,挽回我们的名

誉,让我们的家族摆脱耻辱,诚实地承认自己所做的一切。

最后,我们既忐忑又疲惫,只好试着把整件事讲出来,包括撒旦……可是没办法,我们什么也说不出来。我们一直盼望着撒旦能出现,拯救我们于水火,可我们一直找不到他。

终于,玛吉特刚刚获得的幸福也被扼杀在了萌芽中。没有朋友同情她,没有任何人可以依靠。学生也不再来上课。她要如何才能挣钱养家呢?她可以留住房子,赎金算是给过了——尽管这笔钱现在在政府手里,而不在可怜的所罗门·伊萨克手里。老乌苏拉是彼得神父家的女仆,也是厨娘、管家、洗衣工,负责所有家务,还曾经是玛吉特的奶娘。她说,上帝会保佑他们的。可她是虔诚的基督徒,平时就习惯这么说。当然,她如果有法子的话,的确会帮助他们,让他们更放心。

我跟小伙伴们想去看玛吉特,向她证明我们依旧是她的朋友,可我们的父母害怕惹恼了村民,禁止我们去。这段时日里,占星家让所有人都反对彼得神父,将他看作小偷,还不停地说他偷了自己一千一百零七杜卡托。

他说，正是这笔钱让他认出了骗子是谁。因为这正是他丢失的钱数，也是彼得神父号称"拾到的"钱数。

祸事发生第四天的下午，老乌苏拉来我家，想做我家的洗衣工，还恳求我母亲，为了玛吉特的自尊心，要保守好秘密。年轻的玛吉特要是知道了，肯定不会让她低声下气求人的，可她已经因为食不果腹而日渐虚弱了。乌苏拉自己也越来越没力气，明眼人都看得出来。她狼吞虎咽地干掉了我们给她的食物，但是不愿听我们的话把食物带回家去。因为玛吉特拒绝嗟来之食。她拿了几件衣服去小溪边洗，可我们透过窗望去，能看出她连抬起洗衣棒的力气都没有。于是，我们把她叫了回来，给了她一点钱，一开始她不肯拿，怕玛吉特怀疑。后来她拿了一些，说她准备解释说是在路上捡到的。她担心说谎而被判入地狱，于是请求我把钱掉在地上，掉在她前面，然后她路过那里，假装发现了钱，发出惊讶又喜悦的感叹声，然后拾起钱离开了。她和村子里的人一样，会在日常生活里轻易说谎，丝毫不担心地狱里的火焰与硫黄，可她觉得这种说谎的方式很新颖，与平时的谎言不同，还是有危险的。不过，这样过了一个礼拜，她便不觉得困扰了。这件事就算过去了。

我一直心烦意乱，在想玛吉特怎样才能把日子过下去。乌苏拉不可能每天在地上捡钱，甚至捡第二次都不可能。而且我因为不能去看她而觉得非常耻辱，她这时候多么需要朋友，可这是我父母的错，不是我的。我无能为力。我走在路上情绪低落的时候，忽然间，一股清新而愉悦的刺痛感涌上我心头。我感觉到一种无法言喻的幸福感，我知道，这意味着撒旦就在身边了。我之前就发现了这个现象。片刻之后，他便出现在我身旁，我向他讲述了我的烦恼，还有玛吉特和她叔叔的遭遇。我们走着走着，在小路转弯的地方，看见了老乌苏拉在树荫下休息，腿上躺着一只迷路的小猫，她正在抚摸小猫。我问她在哪里找到的，她说小猫是从树林里出来的，一直跟着她；她又说，可能小猫没有妈妈，也没有朋友，她准备把小猫带回家，好好照顾。

　　撒旦开口了。

　　"我能看出来，您很贫穷。为什么要给家里添一张嘴吃饭呢？为什么不把它送给有钱人？"

　　乌苏拉听到这话，高傲地抬起头来。

　　"您自己可能会想要养小猫。您肯定是有钱人，穿这么漂亮的衣服，那么气派。"她用鼻子哼了一声，"送给有钱人……真敢想！有钱人只关心他们自

己；只有穷人才懂穷人，才会帮助穷人。只有穷人和上帝。上帝会保佑这只小猫的。"

"是谁让您这样想的？"

乌苏拉眼中燃起了愤怒的火焰。

"我就是知道！连一只小麻雀从巢里掉下来，上帝都看得见。"

"可麻雀还是会掉下来。有什么用呢？"

老乌苏拉动了动嘴，但是恐惧让她说不出话来。过了一会儿，她终于缓了过来，瞬间爆发了："你少管闲事，蠢货，当心我用拐棍打你！"

我顿时目瞪口呆。我吓坏了。我知道撒旦对人类的想法，他当场就能结果了她，因为还有"很多其他人"，就像他之前说的，可我的嘴也僵住了，没法提醒她。然而，什么也没发生。撒旦依旧很平静……平静而冷漠。我觉得乌苏拉没法激怒他，就像一只屎壳郎不可能

激怒国王一样。老妇人跳了起来，表明她的观点，她身手敏捷，就像个年轻姑娘。她已经太多年没有如此敏捷了。这就是撒旦的影响：他所到之处，虚弱的人、生病的人都如沐春风。他的存在甚至影响了皮包骨头的小猫，小猫跳到地上，追逐起一片树叶来。乌苏拉惊呆了，她望着小猫，一面摇头，似乎在想着什么，忘记了刚才还在发火。

"小猫怎么了？"她惊讶地问，"刚才它连爬的力气都没有。"

"那是您没有见过这种小猫。"撒旦说。

乌苏拉并没有把这个爱嘲讽人的陌生人当朋友。她用冷冰冰的眼神盯着他，反驳道："谁让您来打扰我了，我求您了吗？您知道我见过什么，没见过什么？"

"您从未见过舌头上的倒刺向外长的小猫吧？"

"没有……您也没有啊。"

"那您好好看看这只，您自己去看。"

乌苏拉又变得身手敏捷了，可小猫更灵活，她根本抓不住小猫，只好放弃。这时，撒旦说："您给它取个名字，它也许会过来。"

乌苏拉尝试了好几个名字，小猫都不过来。

"您可以叫它艾格尼斯。试试吧。"

听到这个名字，小猫有了反应，跑

了过来。乌苏拉细细地检查了小猫的舌头。

"我的天，真是这样！我从没见过这样的猫。它是您的吗？"

"不是。"

"那您怎么知道它的名字？"

"因为这种猫都叫作艾格尼斯，它

们只对这个名字有反应。"

乌苏拉还没缓过神来。

"这可太神奇了!"

随后,不安的情绪浮现在她脸上,因为她的迷信思想又起作用了,她把小猫放在地上,遗憾地说:"我觉得最好放走它,我不是害怕……不是的,这不准确,尽管神父……总之,我听说……很多人说,其实……而且这只小猫现在很健康,应该能自己活下去。"

她叹了口气,转过身准备离开,嘴里还小声说着:"可它很漂亮,可以陪伴我们……这段时间家里的气氛太忧伤,太压抑了……玛吉特小姐那么悲伤,简直像个幽灵,老主人还被关进了大牢……"

"不能养它真是可惜啊。"撒旦说。

乌苏拉猛地转过身,仿佛正等着人鼓励她。

"为什么这么说?"她有气无力地问。

"因为这种猫能带来好运。"

"真的?这是真的?年轻人,您能肯定这是真的?它怎么能带来好运呢?"

"总之,就是能带来财运。"

乌苏拉看上去很失望。

"钱财?一只猫,能带回钱财?真是疯了!猫又不能卖,没人会从我们家买猫的。我们连送都送不出去。"

她转过身准备离开。

"我没有说要卖掉猫。我说的是从猫那里获得收入。这只猫名叫'带来好运的猫'。猫的主人每天早上都能在自己口袋里找到四格罗申*的钱币。"

我发现老妇人怒火中烧。她被激怒了。她想,这个衣着讲究的年轻人居然嘲笑她。她握起拳头插进口袋,站起身想跟他辩驳。她太激动了,满腔怒气。她张开嘴刚吐出三个字……就闭上了嘴,脸上的怒火变成了惊讶的表情,也许是震惊,也许是害怕,或者其他情绪,接着,她从口袋里慢慢抽出手来,摊开手掌。只见她一只手上握着我给的钱币,另一只手上有四格罗申。她盯着看了一阵,也许是想看看格罗申会不会消失。然后她激动地说:"所以这是真的……是真的……我很惭愧,我向您道歉,尊敬的先生,大恩人!"

她跑向撒旦,去亲吻他的手,亲了又亲,这是奥地

---

* 曾在德国和奥地利使用的小银币。

利的习俗。

在她内心最深处,或许清楚这是只有妖术的猫,是魔鬼的使者。可是那又怎样!如果真是如此,她就更加确信,这只猫会遵从契约,给家里带来安逸的生活,因为哪怕是村里最虔诚的农夫,也会更相信跟魔鬼的契约,而非跟大天使的契约。乌苏拉踏上了回家的路,怀里抱着艾格尼斯,我告诉她自己非常想去看望玛吉特。

下一刻,我屏住了呼吸,因为我们已经到了。在小客厅里,玛吉特看着我们,很是诧异。她身体虚弱,脸色煞白,但我非常肯定,只要有我的同伴在,她就会好转。的确如此。我向她介绍撒旦,更确切地说是菲利普·特劳姆。于是,大家便聊了起来。我们聊天很自然,因为我们村里都是些纯朴的人,有陌生人来,还表现得很亲切的话,大家很快就会成为朋友。玛吉特在琢磨,我们是怎么进来的,她一点儿声音都没听到。特劳姆向她解释说,大门是打开的,我们就走了进来,等着她转过身来看到我们。这不是真的。根本没有什么打开的大门。我们是穿墙而过进来的,或者是穿过了屋顶,或是烟囱,或者是其他什么我不知道的方式。可无论如何,只要撒旦希望对方相信他说的话,对方就会立刻相信,而玛吉特也对这个解释很是满意。而且,她满脑子都是特劳姆,眼神一直没有离开过他,他是那么英俊。我感到非常满足,我无比自豪。我希望他能露一手给玛吉特看看,可他并没有这么做。很显然,他只想表现得殷勤,说些谎话。他说自己是孤儿,这样,玛吉特就很同情他,眼中都是泪水。他说自己从没见过妈妈,说他妈妈在他很小很小的时候就去世了;而且他父亲的身体也是每况愈下,家里什么也没有,没有任何财产,倒是他的叔叔在热带做生意,很有钱,拥有一家垄断企业,正是他的叔叔在帮他维持生计。

一提到慷慨的叔叔,玛吉特就想到了自己的叔叔,双眼又湿润起来。她大声说,希望他们两个的叔叔有一天能见上一面。我不禁浑身一颤。菲利普向她保证,自己也是这么想的,我又是一颤。

"也许他们能见面的,"玛吉特继续说,"您的叔叔是个大旅行家?"

"我觉得是，他经常出行，到处去做生意。"

他们继续聊天，可怜的玛吉特忘记了自己的烦恼，至少有那么一会儿。这或许是她最近一段时间里最开心、最幸福的时光了。我发现菲利普让她很快乐，我并不惊讶。当他向她说起自己将来要从事宗教事业时，我看见她无比欣赏。然后最精彩的部分来了，他向玛吉特承诺，能让她去牢里看望叔叔。他解释说，他会给看守送些小礼物，她必须在晚上，夜色降临的时候去，什么话也不能说。

"进去的时候把这张纸给看守看就行了，"他对她说，"出来的时候再拿给看守看一次。"

他在纸上潦草地画了些神秘的符号，然后把纸递给她。她激动地感谢他，马上就开始焦急地等待太阳下山。因为在当时那个遥远残酷的时代，是不允许探监的，而且在监狱里，几年也见不到一个友好的面孔。我猜测纸上画的符号应该是魔咒，看了魔咒，看守就不知道自己在做什么了，而且很快就会忘记做过什么。事实上，魔咒就是这么起作用的。乌苏拉从门口探出头来说："小姐，晚餐好了。"

然后，她看见我们，有些慌了神，

示意让我过去。我走过去，她问我，我们有没有说到猫的事情。我回答说没有，她才放下心来，请求我不要提起，因为如果小姐知道了，一定会把小猫当作魔鬼之猫，会找个神父来，用他驱魔的天赋净化小猫，那就只能跟这笔钱说拜拜了。我向她发誓会保守秘密，她才满意。接着，我准备跟玛吉特告别，可撒旦打断了我，用极其礼貌的方式说……嗯，我不记得他准确的说法了，但是无论如何，他请求留下来吃晚餐，还带着我一起。当然，谁都看得出玛吉特满脸窘迫，因为家里准备的晚餐可能都不够喂饱一只生病的小鸟。乌苏拉听到了，径直地走进房间，非常恼火。刚一进来她十分震惊，因为她看到玛吉特气色变得很好，脸色红润，便对玛吉特夸赞了一番，然后她用家乡话，波希米亚人的语言（这是我后来知道的）说："玛吉特小姐，您还是请他们离开吧。我们没有足够的食物给他们吃。"

可就在玛吉特开口之前，撒旦用乌苏拉的语言说起话来，乌苏拉和她的女主人都深感震惊。

"我们刚才不是在路上遇见过吗？"

"是的，先生。"

"啊，我很高兴，你还记得我。"

他靠近她，凑近她的耳朵说："我跟你说过那是只会带来好运的猫。您不要发火。它会满足你们的需求。"

这些话将乌苏拉的担忧一扫而空，她的眼中闪烁着获得金钱的喜悦。猫的价值又提升了。该玛吉特答复撒旦的邀请了，年轻女孩以最自然而诚恳的方式接受了。她说家里没有多少食物，但是如果我们愿意与她分享，她也欢迎我们共进晚餐。

我们在厨房用餐，乌苏拉为我们上菜。平底锅里有一条小鱼，煎得很到位，脆香可口。很显然，玛吉特并没有想到会有如此体面的食物。乌苏拉把鱼端上桌，玛吉特将鱼分给撒旦和我，自己却拒绝分鱼，她说今天不想吃鱼，但是话还没说完，就发现平底锅里又出现了一

条鱼。她很是迷茫，但也没说什么。也许她想之后再去问乌苏拉。

然而还有其他的惊喜：有肉，有野味儿，有葡萄酒，还有水果……这个家里已经太久没见过这些食物了。可玛吉特并没有惊叫，甚至不觉得惊讶，也许这是撒旦的影响。用餐的时候，撒旦一直侃侃而谈，让每个人都很快乐，有他在，时光是那么美好，令人满心欢喜；尽管他满口谎言，但是并无恶意，因为他只是个天使，不是故意的。天使不懂如何区分善与恶，我知道这一点，因为我记得他曾经说过的话。

乌苏拉对他很是感激。他又在玛吉特面前称赞乌苏拉，说话的口气像在讲什么秘密，但是声音的大小刚好能让乌苏拉听见。他说她很善良，希望有一天能把她介绍给自己的叔叔。听到这些，乌苏拉就摆出了少女般的撒娇姿态，颇为滑稽，不停地捋着自己的长裙，像只可怜的老母鸡一样昂首挺胸，同时还装作没有听见撒旦的话。我觉得特别羞耻，因为这恰好印证了撒旦对我们的想法：人类愚蠢而自负。撒旦说，他的叔叔经常办宴会招待客人，如果能有一位聪慧过人的女士负责组织庆典活动，那一定会让他的晚会更加出彩。

"可您的叔叔是贵族吧？"玛吉特有些担心。

"对，"撒旦用平淡的口气回答，"有人恭维他叫他'亲王'，但他的思想很开放。对他来说，唯一重要的是个人的成就，社会地位并不重要。"

我的手垂在椅子边上。艾格尼斯跑过来舔我的手，这时，我发现了一个秘密。我想说出来："这一切都是假的！这不过是一只普通的猫！它舌头上的倒刺是向里面长的，不是向外。"可这些话就是无法说出口，因为这是不能说的话。撒旦冲我微微一笑，我明白了。

夜幕降临，玛吉特拿了些食物、葡萄酒和水果，放在篮子里，匆匆地赶往监狱。这时候,撒旦陪我走路回家。我说我想看看监狱里是什么模样,撒旦听见了我的想法,下一秒我们就到了牢里。

他告诉我,我们来到的是刑讯室。

拷问架就在里面,还有几个酷刑工具,墙上挂着一两盏灯,烟雾缭绕,让这里变得更阴森可怖。里面有几个囚犯,还有刽子手,可他们没有发现我们,我由此判断,我们是隐形的。一个年轻男人被绑着,躺倒在地,撒旦给我解释说,他被怀疑是宗教异端,施刑的人要确保他的确是宗教异端。他们让男人承认罪行,可男人说他们不能强迫他这么说,因为他不是宗教异端。于是,他们将铁锥扎进他的指甲里,他痛得哀号不已。撒旦一直非常冷漠,可我无法忍受这一幕,必须赶紧离开。我头晕目眩,甚至想吐,可这时,清新的空气顿时让我恢复过来,我们继续步行回家。我说,刚才看见的简直是兽行。

"不对,那是人类的行为。你不应该这样用词,太没分寸了,这样是在骂野兽,野兽并没有那么残酷……"然后他以相同的口吻说,"这就是你们人类的丑陋之处:撒谎成性,炫耀自己所没有的品质,还不承认较高等的动物反而具有这些品质,甚至唯一具有这些品质的就是它们而非人类。任何野兽都不会做此残暴的行为——因为那是具有道德感的人的专属。野兽造成痛苦的时候,对此毫无知觉。这不是恶——对于野兽来说,恶并不存在。野兽造成痛苦,并不是为了从中获得快感——人才是唯一为了快感而伤害他人的生物。就是因为受到了这愚蠢的道德感的启发!道德感的功能就在于区分善恶,那么人有自由可以从中二选一。我们能获得什么好处?人耗费时间去选择,十次有九次都做出错误的选择。恶不应该存在;没有道德感,恶就没有存在的理由。

"可人是毫无理性可言的。人甚至不明白,道德感反而让他们堕落到比最低等

的动物还要卑劣的境地，拥有道德感是耻辱的。你感觉好些了吗？我有东西要给你看。"

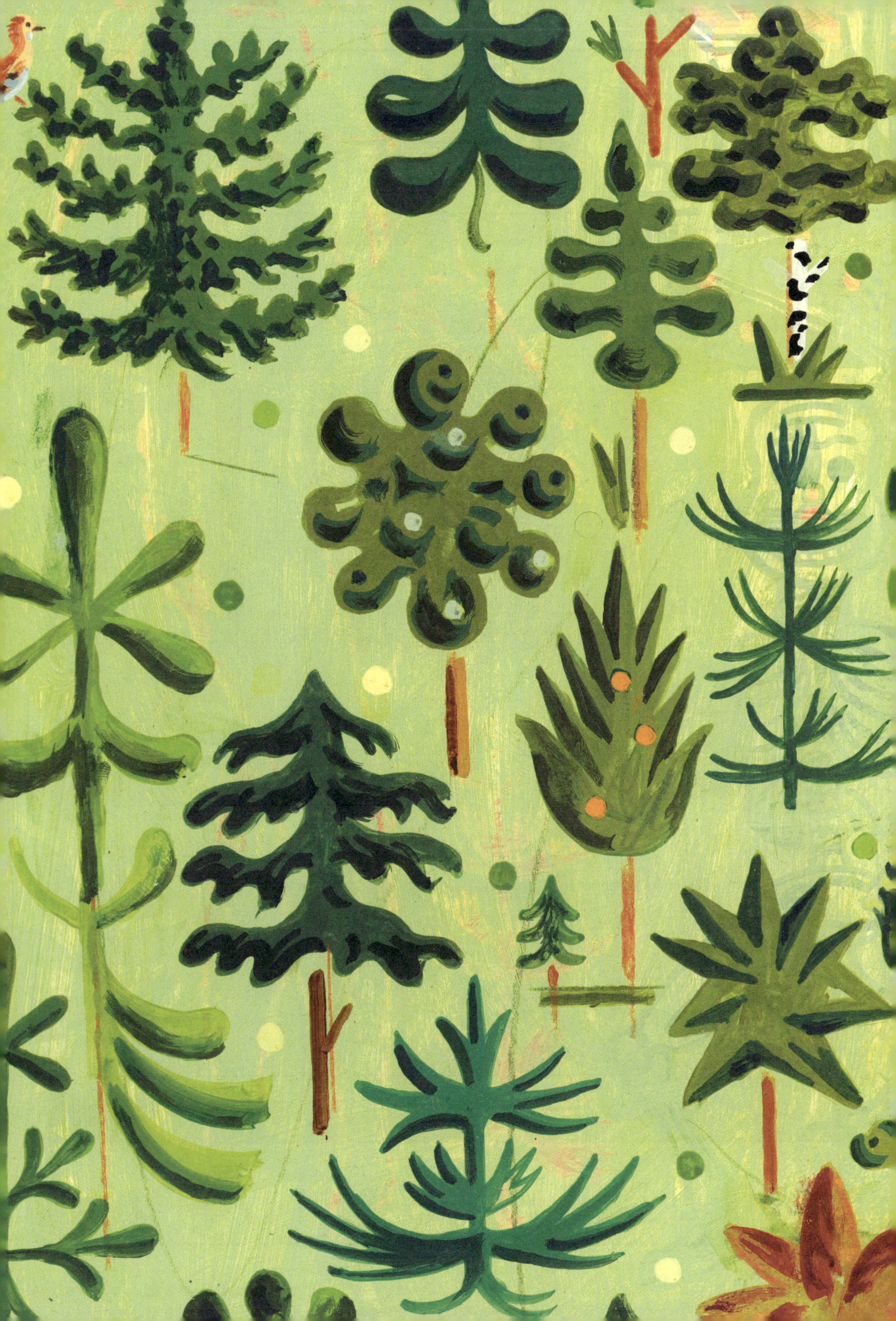

第 6 章

一眨眼的工夫,

我们便来到了一座法国的小村庄。我们穿墙而入，进了一间大工厂，里面男人、女人和孩子都在工作，工厂里炎热、肮脏，满是雾气和粉尘。工人们穿着破衣烂衫，弓着背，精疲力竭，饥饿难耐。他们身体虚弱，昏昏沉沉的。撒旦对我说："这也是道德感的结果。工厂的老板们都很富有，非常虔诚，但是他们给出的工资，只够让他们可怜的人类兄弟不被饿死。这些人每天工作十四个小时，冬夏无休，从早上六点到晚上八点，连小孩子也是如此。"

"他们从猪窝一样的住所走路来上班，来要走六公里路，回去还要走六公里。地上满是泥浆，风里来雪里去，每天都走在泥泞的路上，遇到暴风雪也不例外，全年都是这样。他们三家人挤在一个房间住，屋里满是污垢，臭气熏天，疾病能要了他们的命。他们就像苍蝇一样。这些悲惨的人，他们犯了什么罪吗？没有。他们做了什么要受到这样的惩罚？他们什么也没做，只不过是生为了愚蠢的人类。你已经见过监狱里是怎么对待被告人的了；现在，你又看到这些无辜

的人、勇敢的人是如何被对待的。你们人类这样做合理吗？这些臭烘烘的无辜之人比异端分子过得好吗？完全没有，异端分子受到的惩罚根本没法跟这些人的日子相提并论。我们离开之后，刽子手动用了车轮刑，打断了他的四肢，把他变成了肉泥。现在他已经死了，从你们珍贵的人类手中解脱了出来，可这些可怜的奴隶们……我的天，他们垂死挣扎已经很久，有些人还要熬过很多年才会真正死去。这就是工厂老板们从道德感中学到的，善与恶的区别……你看到了结果。这些人觉得自己比狗过得好。哎，人类是多么不合情理，毫无理性！真让人鄙视……哼，我已经没有语言来表达我的心情了！"

然后，他放下严谨的态度，毫不吝啬地开始嘲笑起我们人类来，嘲笑我们从战争功绩、大英雄、不朽的荣耀、强大的君主、古代贵族、可敬的历史中获得的自豪感。他笑了又笑，足以让任何听到这些的人难过痛苦。最后，他稍稍平复心情，宣布说："不过说到底，这也并不都是可笑的，甚至有点让人觉得揪心，尤其是知道你们人类的生命如此短暂，你们所炫耀的东西那么幼稚，你们真像稍纵即逝的影子！"

这时，一切突然在我眼前消失，我知道这意味着什么。下一刻，我们又走在了我们村子的路上，在河边，

我看见了金鹿旅馆闪烁的灯光。然后，我在黑暗中听见了一声快活的喊声："他回来了！"

来人是塞皮·沃尔迈尔。他感觉自己全身血液沸腾，好心情瞬间袭来，他马上就知道这意味着一件事：撒旦就在附近了。尽管天太黑，他并不能看见撒旦。他来跟我们会合，幸福感如同活水一般弥漫开来。他就像找回了未婚妻的情人。塞皮是个活泼的男孩，充满热情，快人快语，跟我和尼古拉斯完全不同。此刻，他只想把最新的神秘事件讲给我们听：村里的傻子，汉斯·奥佩尔，失踪啦。他告诉我们，村民们开始好奇了。他没有说"担心"，"好奇"这个词更合适，村民的情绪并不比好奇要强烈。大家没见到汉斯已经两天了。

"从他变成动物开始。"他说。

"变成动物？怎么可能呢？"

这是撒旦在问。

"是这样，他平时就喜欢打他家的狗。那可是一条好狗，他唯一的朋友，既忠诚又很爱他，还不会伤害任何人。两天前，他又开始打狗，毫无缘由地，可能纯粹是为了开心。于是狗一直哀号，我跟西奥多也去求他停手，可他威胁我们，然后继续用尽全力打他的狗，最后竟然打掉了狗的一只眼珠。然后他对我们说：'看吧，现在你们满意了，这就是你们掺和到跟你们无关的事情里的后果，看看你们让它变成什么样了。'然后他大笑起来，哼，他真是跟动物一样。"

塞皮的声音因为同情和愤怒而颤抖。

我已经猜到了撒旦会说什么，他就是这么说的。

"你看，这个词又用错了，这是卑劣的诽谤。动物才不会这么做，只有人会。"

"总之，这是非人的行为。"

"不，塞皮。这就是人类的行为。完完全全人类的行为。我听着真是觉得可笑，你这是在诋毁高等动物，把它们所没有的秉性强加在它们身上，而这些秉性只有人身上才有。没有任何高等动物会沾染上名为'道德感'的疾病。你要净化你的语言，塞皮，把这些骗人的话从你的语言中清除出去。"

对他来说，他说这话时算得上非常

严肃了，我后悔没有早点提醒塞皮，讲话的时候要好好选词。我知道他什么感受。他从未想过要让撒旦生气，他宁可惹恼自己全家，也不会这么做。随之而来的是一阵令人尴尬的沉默，可很快气氛就轻松起来，因为刚才说到的那只可怜的

狗正跑过来，眼珠垂在眼眶边上。它径直跑向撒旦，发出阵阵呻吟，以及断断续续低沉的叫声，撒旦用相同的声音回答它，很显然，他们在用狗的语言对话。我们都坐在草地上，云朵散开，月光洒在我们身上。撒旦把狗狗的头放在他膝盖上，把眼珠复原，狗狗感觉好多了，它摇着尾巴，舔撒旦的手。它看起来满心感激，还说了出来，我知道它在说谢谢，尽管我听不懂它的话。然后，他们俩又说了一会儿话，撒旦翻译道："它说它的主人那时候喝多了。"

"那是自然的。"

"还有，一小时之后，他就掉到了悬崖下面，就在那边，悬崖牧场后面。"

"我们认识那个地方，离这里不到五公里。"

"这条狗经常去村里，想求村民去那里帮忙，可大家只会把它赶走，根本不听它在说什么。"

我们回想起来，确实如此，可我们听不懂它在说什么。

"它只想找人去帮助虐待它的这个男人。它脑中只想着这些，从那时起就什么也没吃过，也没去觅食。它一直照看自己的主人两天了。就这件事，你们对你们人类是怎么想的？只有人类能上天堂吗？这条狗不能上天堂？就像你们的老师所教的那样？这条狗的道德与善意，不正是你们人类所想要获得的吗？"

他对狗狗说了些什么，狗狗开心地跳了起来，急不可耐，显然已经准备好接受指令，马上去执行了。

"你们去找些人，跟着狗走，它会带你们找到那个混蛋。保险起见再带一个神父去，他离死不远了。"

说完他便消失不见了，留我们在原地，既伤心又失望。于是，我们去找了村民和阿道夫神父，我们看到了那人的尸体。没有人在乎，只有他的狗，为他哭泣，舔着他了无生气的脸庞，无比痛苦。我们原地安葬了尸体，没有棺材，因为这个家伙没钱，除了这条狗，也没有别的朋友。如果我们能早到一小时，神父可能还能及时地把这个可怜人送上天堂，可他现在已经下了地狱，要永远在地狱之火中接受炙烤。在这样一个世界里，有那么多的人在浪费时间，却连一个小时也不能腾给这个迫切需要的可怜人，对他来说，一小时的差别，可是永恒之乐与永恒之苦的区别。我顿时明白一件可怕的事情，一小时的价值是多么重要，我告诉自己，以后再也不能毫无悔意、毫无畏惧地浪费一小时的时间。塞皮既伤心又气恼，说他更愿意做一条狗，也不愿冒如此可怕的风险。我们把狗带回了家里，准备收养它。塞皮在路上有个不错的想法，让我们获得不少安慰，恢复了精神。根据他的观察，既然狗已经原谅了折磨它的主人，那么上帝或许也会宽恕他。

之后又过了沉闷的一个礼拜，因为撒旦一直没来。没发生什么大事，我跟伙伴们不敢去看玛吉特：夜里月光很亮，我们的父母很可能会把我们抓个正着。可我们遇见过乌苏拉两三次，那时候，她正在河对岸的大草地上带着小猫散步，我们从她那里得知，一切安好。她穿着最时髦的新衣服，满面红光。每天，四格罗申都准时出现，不过这些钱并没有花在

食物上，也没花在葡萄酒和其他生活必需品上：这些小猫都能变出来。

玛吉特虽然被孤立，但是很耐得住寂寞，而且因为有威廉·迈德林在，她过得很开心。她每天晚上花一两个小时去牢里看叔叔，因为小猫变出的食物，叔叔都胖了起来。可她越来越迫切想知道关于菲利普·特劳姆的事，希望我能再把他带去家里。乌苏拉对他也很好奇，还不停地问关于他叔叔的问题。男孩们听到笑坏了，因为我给他们详细地转述了撒旦说的那些蠢话，如何给她脑袋塞得满满的。可她从我们这里打听不出什么，我们的嘴都被封住了。

乌苏拉向我们透露了一个小秘密：现在不缺钱了，于是她雇了一个仆人帮她做做家务，买买东西。她想尽量平淡地跟我们说这件事，就好像这没什么，可她太幸福了，那副骄傲的模样太过明显。这可怜的老妇人啊，完全藏不住从荣华富贵中获得的喜悦，我们看着心里也美滋滋的。不过我们得知了这名仆人的名字后，很好奇她是不是不知情。尽管我们年纪不大，做事鲁莽，但是我们对村里的事情了如指掌。她雇佣的男孩是戈特弗里德·纳尔*，一个又笨又善良的男孩，不会做坏事，关于他本人倒也

---

* 纳尔（Narr）这个姓在德语中有傻子的意思。

没什么好指责的。但是，有件事如乌云一般完完全全地将他笼罩。事实上，不到半年之前，他的家庭遭遇了一场灾祸，他的祖母被当作女巫，处以火刑。当这种疾病在血液中流淌的时候，只用火是无法根除的。乌苏拉和玛吉特偏偏选在这个时候雇这种家庭出身的人是非常不明智的，因为去年女巫所带来的恐惧前所未有，就连村里最年长的人也从未见过。只是提到女巫这个字眼，就能让我们吓到魂不附体。这很自然，因为最近几年，女巫的种类越来越繁多了。过去，只有老女人是女巫，可不知道从什么时候开始，每个年龄段都有女巫了，就连八九岁

的孩子也可能会是女巫。任何人都可能与魔鬼有联系，年龄和性别都不重要。在我们这片小地方，我们一直试图根除女巫，可我们烧死的女巫越多，就会有更多的女巫出现。

一天，在一所离我们家二十公里的女子学校里，老师们发现一个女学生的背部变得通红，像受了什么刺激，他们得到过警示，这是魔鬼的印迹。女孩子被吓坏了，哀求老师不要揭发她，她坚称这都是被跳蚤咬的，可是很显然，事情不会就这么结束。老师检查了所有女孩，五十个里面有十一个都有这样的印迹，剩下的多多少少也有一点。

于是专门成立了一个委员会来调查此事，可这十一个女孩都只是哭泣，并不承认。她们被一一分开，关在暗无天日的房间，十天十夜，只有发霉的面包和水作为食物。最后，她们惊惶不安，两眼发干，再也哭不出来，每天滴水不进，只是坐在那里嘟嘟囔囔地说着什么。然后，其中一个女孩认了罪，她说她们经常骑着扫帚在天上飞，去参加巫魔大会，她们在山顶高处一个很阴森可怖的地方，跟几百个女巫和恶魔本尊一起跳舞、畅饮，花天酒地，所有人都做过骇人听闻的行为，羞辱神父，亵渎上帝。她就是这么说的——她不是一次就讲清楚了的，因为没有人一点一点提醒她，她根本没法记得每个细节；可委员会可以负责引导她，委员会的成员非常清楚应该提什么问题，这些问题早在两百年前就已经成文了，专门供巫术委员会使用。委员会成员问她："你有没有做这个？有没有做那个？"她始终回答做了，一副厌倦疲惫的模样，似乎对问题毫无兴趣。听说她认罪之后，另外十个女孩也跟着认了罪，面对问题都回答是。然后，她们一同被绑在柴火堆上执行火刑，这判决也算公正，周围十里八乡的人都来参加。我也去了，可其中有一个漂亮善良的女孩,我曾经经常跟她一起玩耍,看到她那么可怜,被绑在柴火堆上面,她的母亲号啕大哭,紧紧搂住她的脖子,不停地亲吻她,一边重复喊:"哦,我的上帝!哦,我的上帝!"我觉得这一幕太可怕,于是离开了。

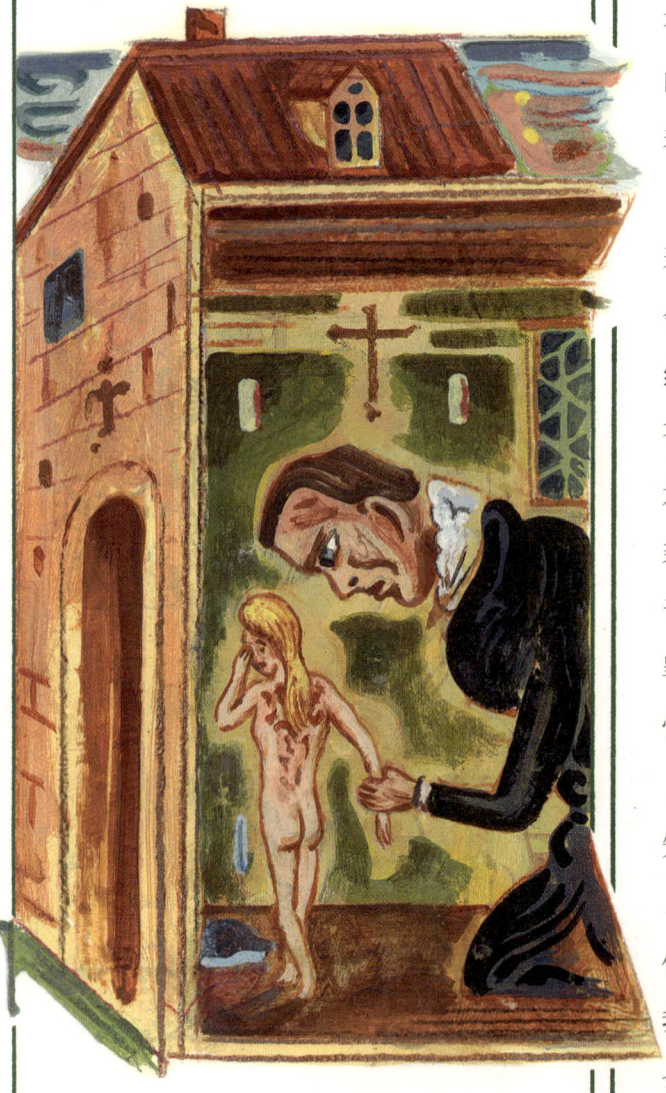

戈特弗里德的祖母被活活烧死那天,是个冰冷刺骨的寒冬天。她被控用手指按摩病人的头颈,治好了他们的偏头痛——这是她的说辞,可事实上所有人都知道,她是在魔鬼的帮助下治好病人的。男人们本该检查她的身体,但是她拒绝了,她当场承认了自己有魔鬼的能力。于是定下第二天清晨,黎明时分,在小村广场上对她施以火刑。准备柴火的人第一个到,点好了火。她被警察押着也到了,警察把她留在那里,去押送另一个女巫。她的家人没有跟她一起来。不然,只要群情激愤,他们就可能会被轰出去,甚至被砸石块。我过去看她,给了她一个苹果。她蹲在火边取暖。她苍老的嘴唇和手冻得发紫。一个陌生人走了过来。他是个路过的旅行者。他温柔地对她说话,他看见只有我能听得到,于是告诉她自己很同情她。他问她认的罪是不是真的,她回答说不是。他很是惊讶,看上去更怜悯她了。

"那你为什么要认罪?"他非常想知道。

"我又老又穷,"她回答说,"我工作只为养活自己。除了认罪,我别无选择。我如果不认罪,或许会被放掉。但是这一切已经毁了我的名声,因为没人会忘记我曾经被怀疑是女巫,我再也接不到工作了,无论我去哪里,人们都会放狗咬我。我很快就会被饿死。火刑反倒没那么痛苦,很快就会结束。你们两位对我这么和善,我真心感谢你们。"

她靠近火堆,伸手过去烤火,这时

白雪飘落，温柔而宁静，雪花落在她苍老的灰白色头发上，渐渐把她变成了雪白的人。此刻人群集结起来，一只鸡蛋砸了过来，正中她的眼睛。鸡蛋碎了，从她脸上流淌下来。人群中一阵哄笑。

有一天，我把十一个女孩和老妇人的故事讲给撒旦听，可并没能打动他。他只是回答说，这就是人类，人类所做的事情微不足道。他还说自己见过人类是怎么被造出来的，人类不是用黏土所造的，而是用污泥——至少有一部分用的是污泥。我知道他这么说是什么意思：道德感。他能听到我

脑中在想什么,他觉得很有趣,笑了起来。然后,他叫来一头在牧场里吃草的牛,一边抚摸它,一边对它说话,然后说:"你看……它就不会让女孩子们因为饥饿、恐惧和孤独而变得疯癫;它也不会让她们承认自己从没做过的事、编造出来的事,然后把她们活活烧死;它更不会伤了那些可怜的无辜老妇人的心,让她们害怕与自己的同类为伴;它也不会在她们弥留之际还侮辱她们。因为它没有受到道德感的玷污,而是像天使一样,不懂得什么是恶,所以永远不会作恶。"

尽管撒旦非常有魅力,但他乐意的时候,可以残酷地说出羞辱的言辞,而且但凡有人提到人类,他都会毫不客气地羞辱一番。他对人类嗤之以鼻,从未说过人类一句好话。

总之,就像我刚才说的,我和小伙伴们都怀疑,乌苏拉在这个节骨眼儿上雇纳尔家的人很不是时候。我们确实没想错。村民们得知此事,很自然地都怒不可遏。而且,玛吉特和乌苏拉自己都不能养活自己,哪来的钱再养一口人呢?他们都想知道个中原因。为了了解情况,他们不再避开戈特弗里德,而是经常跟他在一起,找他聊天。戈特弗里德倒很开心,他从来不往坏处想,看不出这是陷阱,他说话毫无忌惮,还没有一头牛的口风严实呢。

"有钱的!"他说,"她们有好多钱。她们每周付我两格罗申,包吃包住。而且我敢说,她们日子过得宽裕着呢,每天餐桌上的美食可不比亲王家的差。"

一个周日的清晨，占星家参加完弥撒，把这令人震惊的消息告诉了阿道夫神父。神父惶恐不已，回答说：

"必须查一查。"

他坚信这里面有巫术作祟，于是命村民与玛吉特和乌苏拉恢复关系，私底下睁大眼睛，打探情况，不让人发现。他们不能表现出自己对这家人的真实印象，不能引起她们怀疑。起初，村民们不敢踏进这个恐怖的地方，可神父对他们说，他们是受他保护的，不会受到任何伤害，尤其他们还带了圣水，手里捏着念珠。他的话让村民们放下心来，愿意去了，嫉妒心和恶意甚至让最胆小的人也急切地想去看看。

就这样，可怜的玛吉特家里又有客人来访了，她非常开心。她像所有人一样，只是单纯的人类，对自家的繁荣感到幸福，也会想炫耀给别人看看，而且作为人类，她也很高兴自家又受到了重视，看到朋友和村里人再次对她微笑。因为对她来说最难忍受的，就是与亲近的人断绝关系，被人鄙视，陷入最痛苦的孤独之中。

没了障碍，我们终于可以去她家了，甚至跟我们父母一起去。我们正是这样做的，几乎每天都去。小猫开始疲惫不堪。它为所有人提供最好的食物，非常丰盛。

里面有美味佳肴，还有从未有人品尝过的美酒，只从亲王的仆人那里听说过。就连餐具也比一般人家的上乘。

玛吉特时不时会忐忑不安，不停地问乌苏拉问题，最后让乌苏拉恼火起来。可是乌苏拉很坚决，毫不服软，坚称这是上帝的恩赐，对猫的事情只字不提。

玛吉特知道，上帝无所不能，但是忍不住怀疑这一切跟上帝有没有关系，然而，她也害怕说出口来，引发一场灾难。她也想过会不会是巫术，可她很快打消了这个念头，因为在跟戈特弗里德同住之前她们就转运了，而且她知道乌苏拉是虔诚的教徒，极其痛恨女巫。戈特弗里德来之前，上帝的恩赐就已经降临，在家里牢牢地扎了根，也接受了她们无尽的感激。猫没有抱怨，只是不慌不忙地根据经验，改善着菜色，丰富着种类。在任何群体里，无论大小，总有这么一部分人，他们本性并不坏，也从来不伤害别人，除非他们的利益受到了严重威胁，或是类似这样的情况。埃塞尔多夫村的人就属于这类，在非特殊时期会觉得他们纯良友善，可这个时代并不普通，人们普遍害怕女巫，我们明显不再拥有温柔、同情之心了。每个人都被玛吉特家发生的无法解释的状况吓坏了，所有人都怀疑是巫术在作祟，恐惧之心让最理性的人也胡思乱想起来。很自然，还是有人见玛吉特和乌苏拉深陷危险而动了恻隐之心的，可他们不敢说出来，说出来可不够谨慎。其他人则我行我素，并没有人去提醒这位无知的年轻少女和迷途的老妇人，不然她们肯定会改变做法。我跟伙伴们本想提醒她们，可情况变得更危急了，我们也开始害怕，开始退让。我们认为，自己不够有魄力，不够勇敢，如果这会给我们带来麻烦，我们就根本没胆量掺和进去。我们谁也没跟另外两人承认自己这庸俗的想法，但是我们都做了别人会做的事：放弃提醒她们的想法，转而谈论别的事情。我知道，我们都觉得自己很无耻，在玛吉特家吃着

佳肴，喝着美酒，明知周围坐着的都是密探，还跟这些人一起讨好她，奉承她，很尴尬地成为她无忧无虑、幸福无比的见证人，却不敢说一句话去警告她。她确实非常幸福，像个公主一样自豪，很高兴再次拥有了朋友。这段时间里，村民无时无刻不在监视她们，把他们所看到的汇报给阿道夫神父。

可神父完全不明白发生了什么。她们周围肯定有巫师，可谁是巫师？玛吉特从来不会什么魔法，乌苏拉也不会，而戈特弗里德更不可能，可这美酒佳肴从未断过，去

她们家的客人想要什么也总能吃到。女巫和巫师很擅长这种魔法，没什么新鲜的。可不用念咒语，连个雷响、地动、闪电、显圣都没有，就能完成法术，这可是够新鲜的，前所未有，非比寻常。魔法书里可没写过这样的魔法。有魔法的物件总归不是真东西。出了魔法控制的地方，金子就会化成泥土，食物就会腐败消失。可在这件事上，试验全都失败了。密探们带回来一些食物：阿道夫神父无论是念祷词，还是在上面施法，都没有任何变化。所有的东西都是真的，只会随着时间的流逝慢慢腐败、坏掉。

阿道夫神父不仅困惑，而且恼火起来。因为这些证据让他不得不在心底里承认，这事情背后没有什么巫术。可他不那么笃定，因为这也可能是一种新的魔法。有一种方法可以弄清真相：如果这些丰盛的食物不是从外面带回去的，而是在家里出现的，那这绝对是巫术。

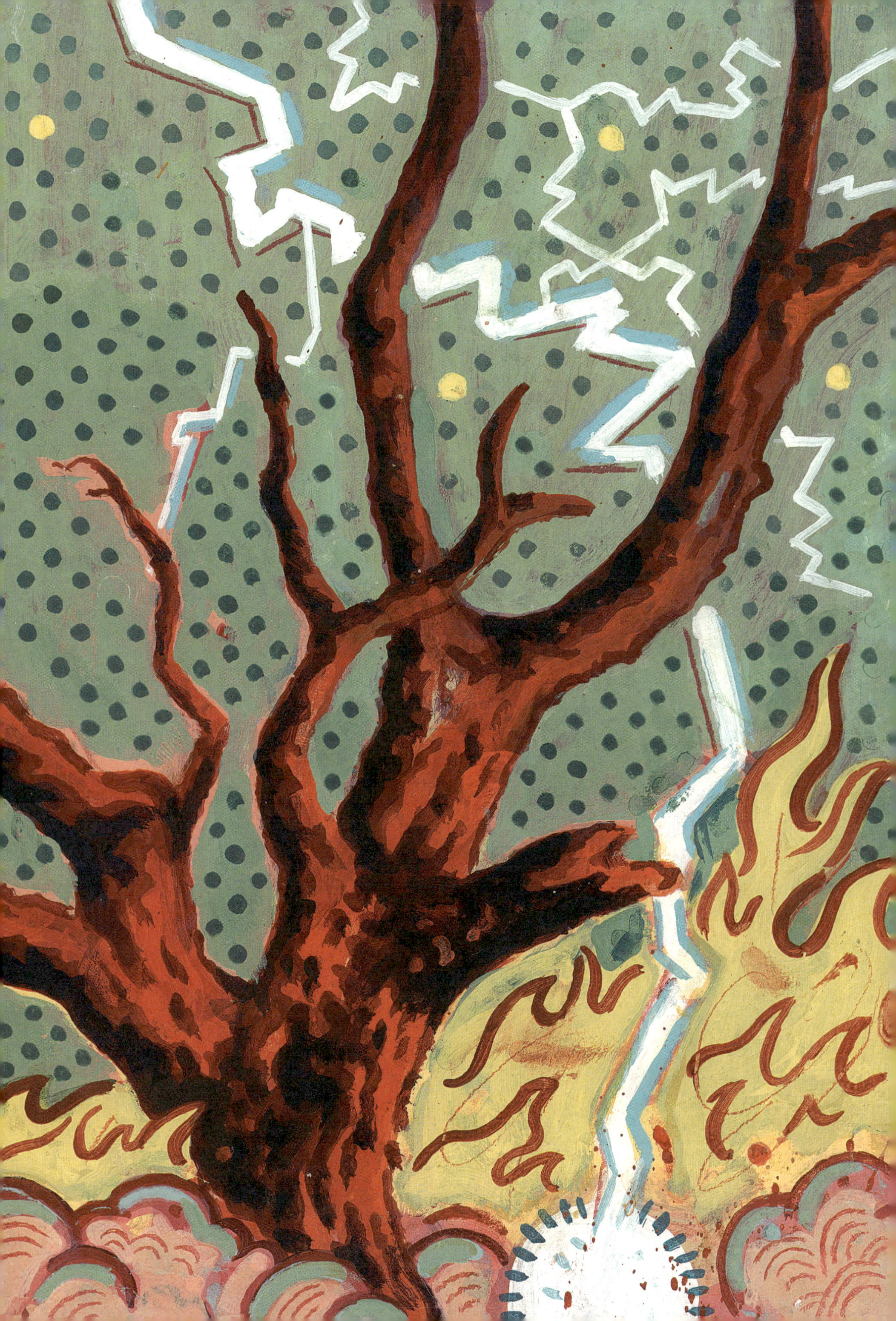

第 7 章

玛吉特宣布,她要举办……

一场晚会，邀请四十个人，
一周后举行。这可是个千载难逢的好机会。
玛吉特家的房子离其他人家很远，很容易
被监视。整个礼拜，屋子从早到晚都有人
监视着。玛吉特家的人每天照常进进出出，
但总是两手空空，不管是住在这里的人还
是从外面来的人，都没有从外面带东西进
去。很明显，没人去买给四十个人做大餐
的食材，这很肯定。只要到时候宾客们能
吃到一丁点食物，那么这些食物就肯定是
在家里出现的。玛吉特确实每晚拎着篮子
出门，可密探们很肯定，她带回来的篮子
总是空的。

正午十二点，客人们蜂拥而至。阿道
夫神父也来了。过了一会儿，没有接到邀
请的占星家也来了。他肯定是听说了，这
家人没有从外面带任何食物回来，不管是
从屋前还是屋后，都没人带东西进去。他
进屋的时候，大家正大快朵颐，觥筹交错，
欢天喜地。他环视一周发现，大多数的美
味佳肴以及所有的水果，无论是本地的还
是异域的，都是很容易放坏的品种，但是
看起来都异常新鲜。

没有什么魔鬼显灵，不需要念咒，也

93

没有电闪雷鸣。很明显，这就是巫术。而且，应该是一种新型的巫术。这股力量的确不可思议，非同小可，他决定揭穿这个秘密。这个秘密将在全世界传播开去，就连最闭塞的地区也会知道，让各国民众目瞪口呆。秘密既然是由他揭露的，那么他将会名满天下。这可是千载难逢的好机会。想到这里，他有些头晕。整屋子的人给他让出一块空地：玛吉特毕恭毕敬地为他找来一把椅子，乌苏拉让戈特弗里德给他搬来一张特殊的桌子。

然后，她把桌子摆好，问占星家想要些什么。

"您想拿什么就给我拿什么。"他说。

两位仆人从食品柜里拿了些吃的，还有一瓶红葡萄酒和一瓶白葡萄酒。

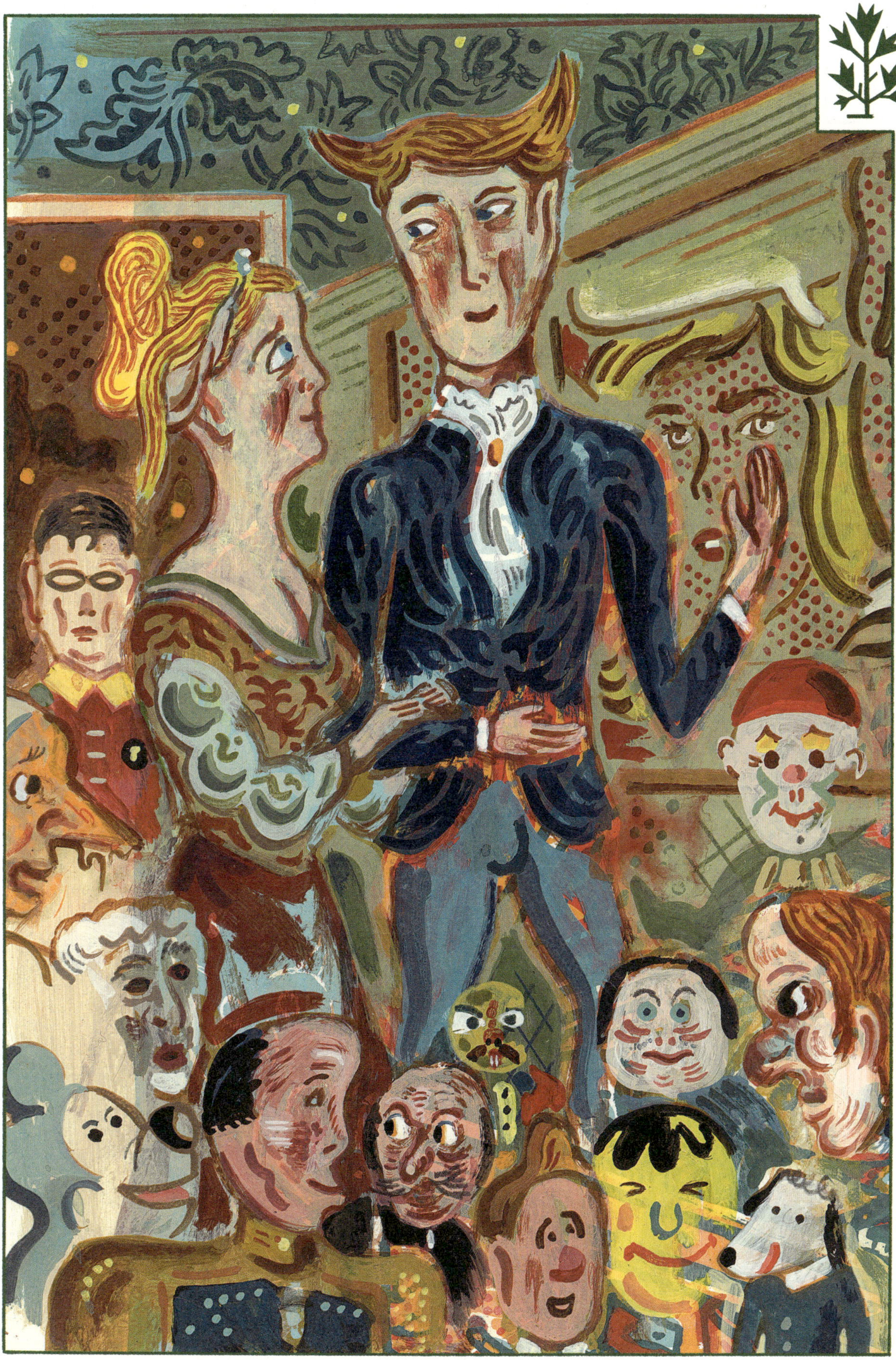

占星家从没见过这么精致的佳肴,他拿起细口的玻璃酒杯,给自己倒了一大杯红葡萄酒,咕嘟咕嘟喝完了,又倒了一大杯,然后狼吞虎咽地吃完了盘子里的美味大餐。

我没预料到会见到撒旦,因为我很久没见过他,而且一个多礼拜没有他的消息了,可就在这时,他走了进来:尽管他被宾客们挡在后面,可我在远处就感觉到他来了。我听见他为自己的突然造访道歉,他说如果不合适,他可以离开。不过玛吉特不停地说没有关系,于是他谢过玛吉特,留了下来。玛吉特带着他游走在宾客中,把他介绍给年轻姑娘们,介绍给迈德林,还有其他成年男子。看到他出现,大家都交头接耳,窃窃私语起来。

"这就是我们经常听说的那个年轻陌生人,从没有人见过,他很少出现。"

"哦!快跟我说说,这帅气的男孩!他叫什么名字?"

"菲利普·特劳姆。"

"哈,这名字真适合他!"

要知道,"特劳姆"在德语里是"梦"的意思。

"他是做什么工作的?"

"他好像要从事圣职。"

"他的长相就是一笔财富。有朝一日他会当上红衣主教的。"

"他住在哪里?"

"据说在很远很远的地方,热带地区。他有个很有钱的叔叔在那里。"

都是诸如此类的对话。他一下子就被围住了:每个人都想认识他,跟他说话。每个人也都发现,屋里突然变得舒适清凉了,这很令人诧异,因为外面明明艳阳高照,天上连朵云彩都没有。可很自然,没有人猜得到原因。占星家喝完了第二杯酒。他又倒了第三杯。

放酒的时候，他一不小心打翻了杯子，赶紧扶起来，免得酒都流光了，他把杯子举到灯光下，说道："多可惜啊……这可是王室才有的美酒！"下一刻，他喜形于色，满脸胜利的荣光，他又说："快！快给我拿一个盆来！"盆拿来了，这是一个四升的大盆。他拿起只能容纳两杯酒的玻璃酒罐，开始往盆里倒。他一直倒，一直倒，红酒汩汩地流进白色的盆里，越来越深。所有人都屏气凝神地看着……直到大盆被完全装满。

"快看这罐子！"占星家说着把玻璃酒罐举起来，"罐子还是满的！"

我快速地看了一眼撒旦，这时他消失了。然后阿道夫神父站起身来，满脸通红，激动不已，用他的大粗嗓子说道："这座屋子被魔法控制了，受了诅咒！"

宾客们先是抱怨，然后不断尖叫着冲向大门。

"住在这座房子里的人已经暴露，我责令他们……"

他的话突然被打断。他的脸由白变红，又由红变紫，他一点声音也发不出来。这时，我看见了撒旦，像一块透明的纱，附身在占星家身上，占星家举起手，用他自己的声音对宾客们说："请等一等！待在原地不要动。"

所有人都定在了原地。

"给我拿一个漏斗来！"

乌苏拉吓得颤颤巍巍，拿来了一只漏

斗。占星家将漏斗插进酒罐的细瓶颈里,捧起大盆,把酒倒进罐中。

周围的人都惊呆了,傻乎乎地望着,因为所有人都知道,他倒之前,这个细口的玻璃酒罐就已经满了。可他居然把一盆酒都倒进去了,然后冲着众人微笑,他微微一笑,用轻松的语气总结道:"这没什么……谁都能做到!我,用我的能力,能做更厉害的事呢。"

恐惧的尖叫声充斥着屋子。

"哦,我的上帝啊!他被恶魔附身了!"

宾客们乱作一团,一同冲出大门,屋子里顿时空了,只有主人留在原地,还有我、小伙伴们跟迈德林。我们知道秘密,如果可以,我们宁可揭开秘密,可是我们做不到。我们很高兴撒旦在我们需要的时候来帮助我们。

玛吉特面无血色,眼睛里噙着泪水;迈德林像石化了一样,愣在原地;乌苏拉也是如此;最糟糕的是戈特弗里德,他被吓得腿软,站都站不住了。因为他自己来自女巫家庭,要知道,大家肯定都是怀疑他的。艾格尼斯慢悠悠地走了进来,一脸无辜,仿佛不知道发生了什么,想来蹭一蹭乌苏拉,让乌苏拉抚摸它。乌苏拉被猫吓坏了,躲开了。但是,她一边躲,一边努力地显得不那么无礼,她很清楚,如果跟这种有魔法的猫关系僵了,可不是什么好事。我们几个男孩反而把艾格尼斯抱在怀里爱抚,因为如果撒旦对它印象不好,就绝对不会亲近它,这就足够了。很明显,撒旦对所有不具有道德感的生灵都非常信任。

这时在屋外,宾客们被吓得魂不附体,一个个惊慌失措,四处逃窜;他们边跑边哭,还大声尖叫,嗓子都喊哑了,村子里一片嘈杂。很快,村民们纷纷跑出家门,看看发生了什么,人群占满了道路,摩肩接踵,心中既恐惧又兴奋。这时候,阿道夫神父出现了,人群像红海一样向两侧分开*。然后,占星家大步流星地走了过来,走过人群,让开的小道又在他身后合上,人群紧紧地聚在一起,鸦雀无声,大家以崇拜的眼神盯着他,心潮澎湃,几个女人还晕倒在地。他走过之后,人群跟他保持着一点距离,开始跟着他走,兴奋地说着话,问着问题,猜测究竟发生了什么。猜测之后,再告诉周围的人,里面不乏添油加醋。很快,故事里的盆就被改成了大酒桶,而酒罐呢,无论往里面倒多少酒,都一直是空的。

占星家来到小村的中心广场,径直朝杂技演员走去,杂技演员穿着奇装异服,正在空中抛着三个铜球。占星家拿走了三个球,转身面向靠近他的人群,然后说:"这个可怜的小丑根本不懂杂耍的技巧。大家来看看什么叫作行家的演出吧!"

说着,他将铜球一个接一个抛了出去,让三个球旋转着划出一个彩色的瘦长的椭圆形,然后又抛出一个球,接着又抛出一个球,又一个球,没人看清他手里是不是握着球,就这样,他一直不断地加进新球,椭圆形被越加越大,他的手非常快,每个球都变成了一个模糊的圆点,让人难以分辨。这时,他开始数数,号称这里面现在有一百个球了。硕大的椭圆形旋转着,一直升高到七米的高空,闪闪发光,太神奇了。然后,占星家两手交叉在胸前,命令铜球自己

---

* 《旧约·出埃及记》中摩西带领以色列人逃出埃及,被红海阻挡住去路的时候,红海的海水向两边分开,让出了一条路。

旋转……球便自顾自地转了起来。过了几分钟,他说:"好了,差不多了。"

椭圆形断开来,摔在地上,铜球散落在各处,滚得满地都是。铜球滚到哪里,哪里看热闹的人就吓得不停后退。所有人都害怕碰到铜球。占星家见了哈哈大笑,嘲讽他们是胆小鬼,跟老太太似的。随后,他转过身去,看到了紧绷的钢丝绳,于是大声说,这无知又笨拙的无赖根本就是在亵渎这高深的技艺,每天浪费钱来看他表演的人都是傻子,现在,他们即将看到真正的大师是如何表演的。话音刚落,他就一跃到空中,稳稳地站在了钢丝绳上。他用手捂住双眼,单脚来回跳着走了好几遍。然后,他又做了几个后空翻,几个前空翻,一共二十七连翻。

村民们互相嘀咕起来,占星家的年纪可不轻了,之前大家总见他一副老态龙钟的样子,有时候走路还一瘸一拐的,现在却在他们面前身手矫健,轻松地翻着筋斗。最后,他轻轻一跳,落回了地面,转身走向街角,消失不见了。挤作一团的人群见到这一幕都面如死灰,鸦雀无声,然后众人深吸一口气,面面相觑,仿佛在问:"刚才这是真的?你们也看见了?还是只有我看见了……我是不是在做梦?"

村民们叽叽喳喳一片哗然,随后开始成双成对地往家走,他们交头接耳,一只手抓着同伴的胳膊,满怀敬畏地谈论着这一幕,仿佛在谈论什么让人刻骨铭心的事情。

我和小伙伴跟在我们父亲身后,竖起耳朵仔细听,想听到他们说了什么。他们一齐来到我家,继续讨论,我们便跟他们待在一起。他们很是揪心,因为他们觉得,这肯定是女巫和魔鬼来了,

太可怕了，这会给村子招来祸事。

接着，我父亲猛然想起，阿道夫神父当初想揭露巫术的时候被封住了嘴。他说："之前，他们还从没对上帝的仆人下过手。我不明白，这回他们怎能如此大胆，占星家身上还戴着十字架呢，对吧？"

"对呀。"其他人都应声附和，"我们都看见了。"

"朋友们，我们进入了一个艰难的时期，非常之难！之前我们是有上帝庇佑的，可如今，上帝的庇佑已经失灵了。"

其他人颤抖起来，浑身哆嗦，默默地重复着这句话："失灵了。上帝抛弃了我们。"

"千真万确。"塞皮·沃尔迈尔的父亲说，"我们去哪里都找不到人帮助。"

尼古拉斯的父亲是法官，他也补充说："村民们会慢慢回过神来，他们会感到绝望，从而失去勇气和力量。其实我们已经迈进了被诅咒的时代。"

他深叹一口气，沃尔迈尔先生又惴惴不安地说："消息会很快传遍整片地区，所有人都会知道我们的村子被上帝抛弃了，会离我们远远的。金鹿旅馆很快就会面临巨大的危机。"

"说得没错，老邻居。"我父亲说，"我们都会受到影响，所有人的名誉都会受损，有些人还会有金钱上的损失。还有，我的上帝啊……"

"还有什么？"

"我们还可能会触到……"

"触到什么？看在上帝的分儿上！"

"禁忌！"

这两个字如同一声惊雷落下，差点把他们吓晕过去。很快，对这场灾祸的恐惧让他们重新获得了力量。他们反复考量，不停地讨论如何能避免灾祸。他们左思右想，绞尽脑汁，天都黑透了，才只得承认，到目前为止，他们无能为力。就这样，他们心情沉重地离开了，内心依旧惶恐不安。

我趁他们告别的时候偷跑了出来，想去玛吉特家看看那里发生了什么。路上我遇见很多人，但是没人跟我打招呼。我本该诧异，可我并没有，因为我很清楚，他们全都被吓得魂不守舍，根本没回过神来。他们面色苍白，惊慌失措，像在梦游，圆瞪的双眼什么也看不见，张大的嘴巴什么也说不出，紧紧地攥着手，却毫无感觉。

玛吉特家里笼罩着阴郁的气氛。她和威廉并肩坐在长沙发上，可他们相对无言，也没有牵手。两人都陷入了深深

的忧郁情绪,玛吉特哭红了双眼。

她解释给我听:"我求他离开,不要再来,这样能救他的命。我一想到会害死他就难受得不行。这座屋子中了魔鬼的巫术,住在里面的人最后都会被绑在柴火堆上烧死。可他就是不肯离开,他会跟我们一起死去。"

威廉肯定地说他绝对不会离开,如果玛吉特落入险境,那他一定要陪在身边,永远陪着她。玛吉特又哭了起来,看到这令人撕心裂肺的一幕,我后悔来了。就在这时,有人敲了一下门,撒旦走了进来,他神清气爽,英气逼人,眉开眼笑,随之而来的是他走到哪里就带到哪里的那轻快而醉人的气氛。这时,一切都变了。他一句也没有提到之前发生的事情,也没说起令所有村民魂飞魄散的怪事,而是夸夸其谈起来,说的都是令人快乐的有趣的话题,然后又说起音乐来,说起一种全新的艺术手法,终于将玛吉特的沮丧情绪一扫而光,让她乐观起来,来了兴趣。在这个话题里,她从没听过讲得如此精彩的。她满心欢喜,听得着了迷,就连脸上的表情也柔和了起来,说话的声音也快活很多。威廉觉察到了变化,却并不那么开心。接着,撒旦又开始说起诗歌,又是一番长篇大论。他朗诵起诗歌,颇具天赋,玛吉特再次为他神魂颠倒,威廉再一次感觉很不开心。这一次,玛吉特有所觉察,心里不禁自责起来。

这天晚上,暴风雨在远处低沉地轰

鸣，雨水叮叮咚咚地敲击在百叶窗上，在这悠扬的乐曲声中，我沉沉睡去。睡到半夜，撒旦来叫醒了我。

"跟我来，"他对我说，"你想去哪里？"

"去哪里都行……只要跟您在一起。"就这样，阳光普照，他向我宣布："我们到中国了。"

我无比震惊，想到自己居然来到这么遥远的地方，比村里任何人到过的地方都远好多好多，不禁感到骄傲，感到幸福！就连巴尔泰尔·斯佩林，对自己多次旅行经历有超高评价的他，也比不上我了。我们在中国飞了半个多小时，看遍了整个国家。我们所看到的景色真是不可思议，有些美不胜收，有些则恐怖到令人难以名状。比如……算了，我之后再解释这一切吧，还有撒旦为什么选择中国作为这次出行的目的地，而不是其他地方。现在解释太多，只会打断我的故事。

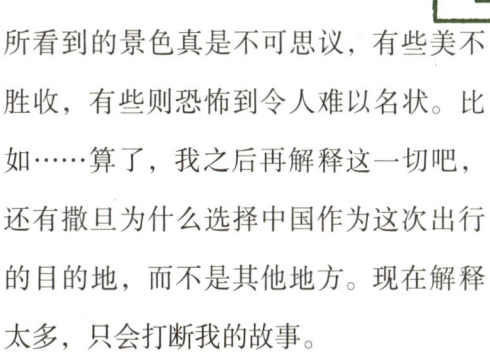

我们终于飞下来休息。我们落在一座

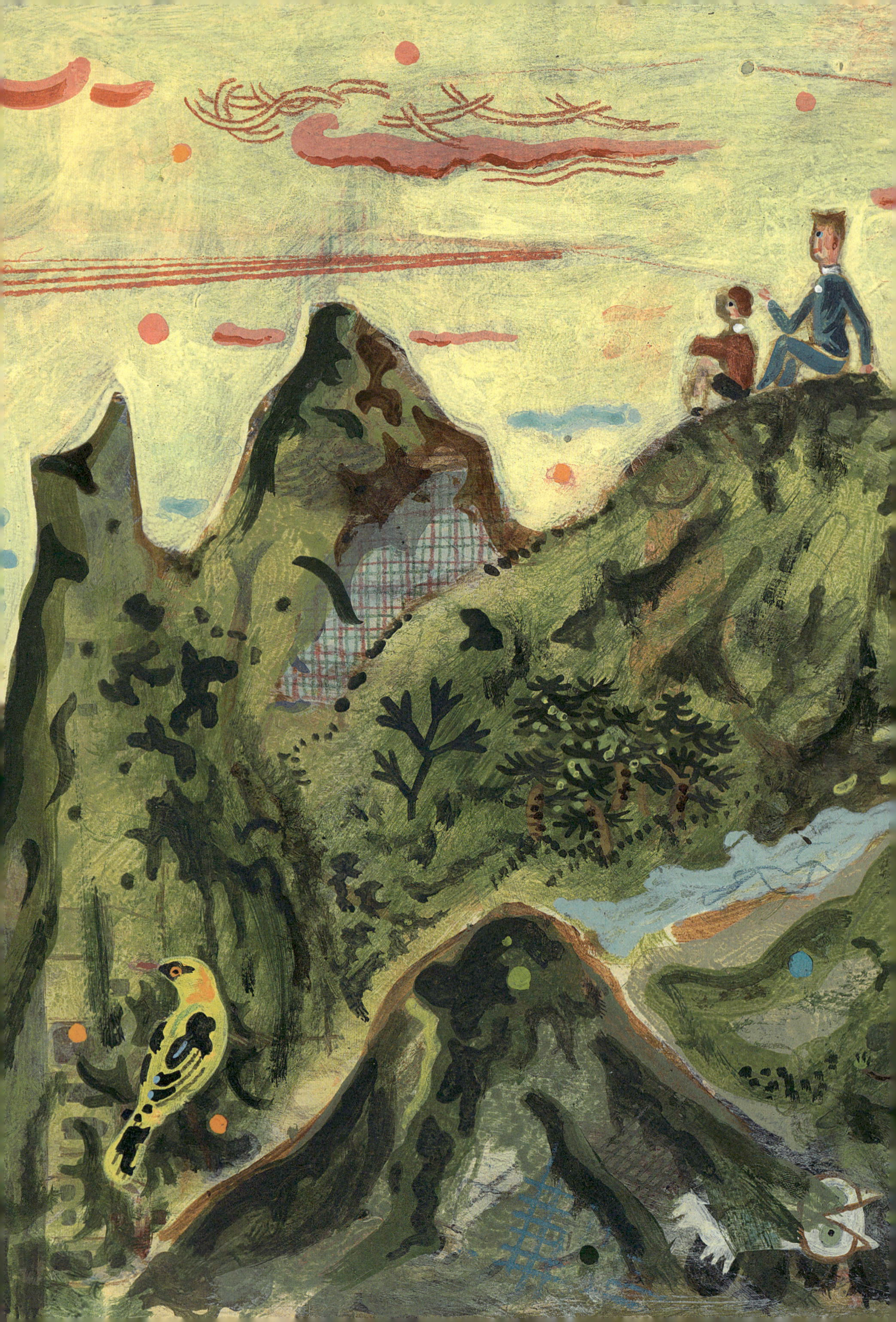

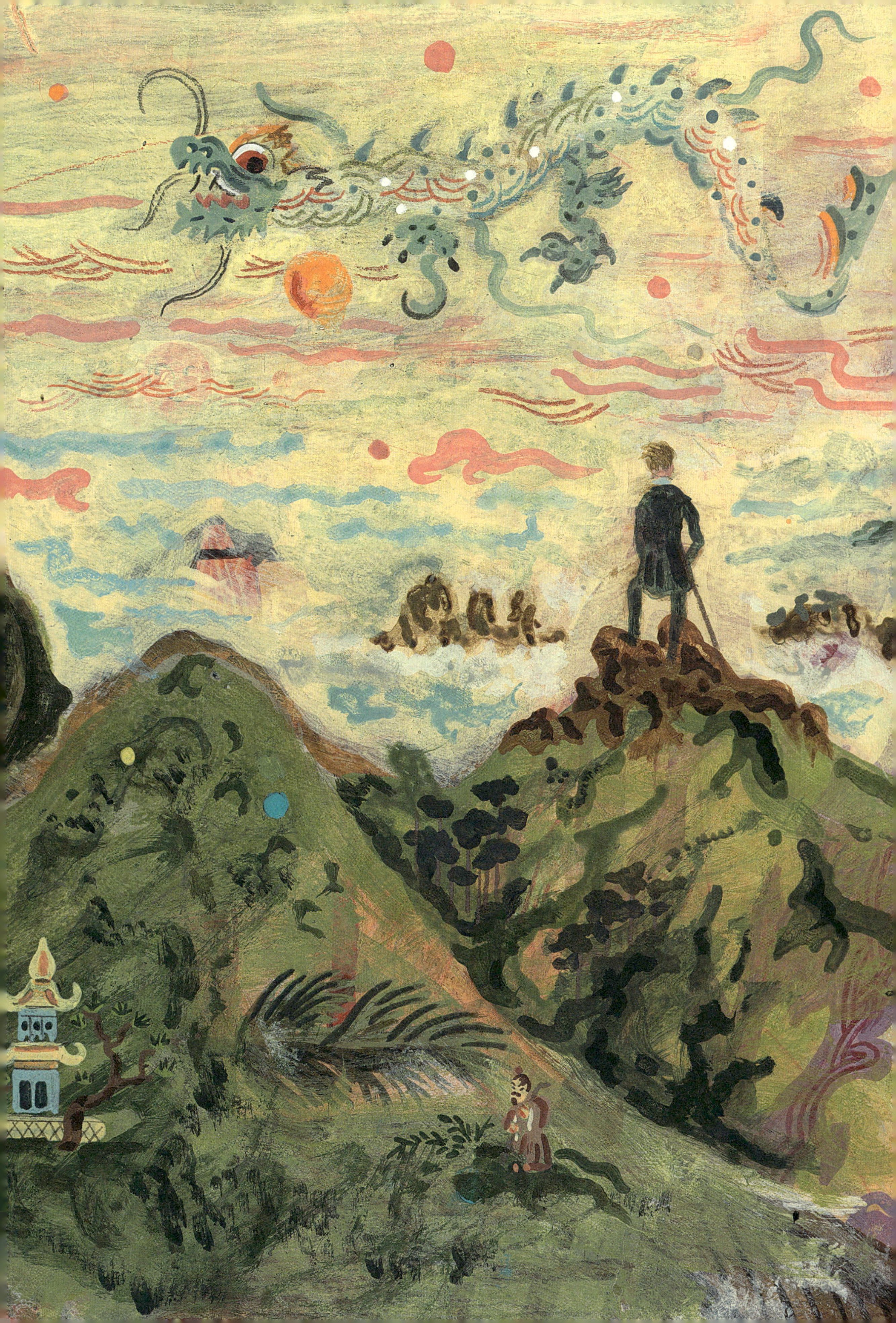

高山上，山下是一大片广袤的风景，有高山，有峡谷，有河谷，有平原，还有大河，有城市也有村庄，都在阳光下静静沉睡，远处海岸边闪烁着大海的蓝色。这幅宁静而虚幻的画卷令人赏心悦目。要是我们能随心所欲地移动就好了，这样的话，人生在世，我们就更容易忍受生活的压力，因为转变视野能转移人的精神压力，将身体和精神的疲惫一扫而光。

我们聊着聊着，我脑中突然冒出一个念头，想改变撒旦，劝他变得更好。我向他说明了他所做的一切的结果，求他更关心人，不再让人变得不幸。我说我很清楚他没有坏心，但是如果他能花时间考虑一下自己行为的后果，而不是冲动随意地摆布别人的命运，那就更好了，这样，他就不会引发那么多混乱。我真诚的请求并没有伤害到他，他只是觉得好笑和惊讶。

"你说什么？"他很是讶异，"你说我做事很随性？完全不是，恰恰相反。希望我考虑一下事情的后果？有什么好考虑的呢？我很清楚后果是什么，一直都很清楚。"

"哦，撒旦，那您为什么这样做？"

"好吧，让我来告诉你，你必须明白这一点，如果你能弄明白的话。你属于一个特殊的物种。每个人都是痛苦机器与幸福机器相结合的产物。这两者根据平等互补的原则，完美地相互补充，精细而精准。一边产生了一份幸福，另一边就会产生一份忧愁或痛苦来平衡它……甚至需要十多份的痛苦来平衡。大多数情况下，人的一生中，幸福与不幸基本是同样多的。如果两者不平衡，那也总是不幸更多些。从来没有幸福多于不幸的情况。也有这样的情况，有人被设计创造出来，就只有痛苦机器在起作用，这样的人一生都不知道什么是幸

福。他所触碰到的所有事物，他所做的一切都只会为他带来痛苦。你见过这样的人吗？对于这种人来说，人生中没什么好事，对吧？

"人生不过是一场漫长的灾难。有的时候，为了一个小时的幸福，人要用二十年的不幸来换。这你不知道吧？这样的事时有发生。我给你举一两个例子。对我来说，你村里的人什么都不是。你知道的，不是吗？"

我这个人不喜欢说话太绝对，所以我回答说我不确定。

"那我明确告诉你，他们对我来说什么都不是。就是这样。我与他们之间的差别如鸿沟一般，不可计量。他们没有智慧。"

"没有智慧？"

"没有类似智慧的东西。之后我会好好分析一下人所谓的精神是什么，详细地告诉你这团混沌是什么，然后你就知道了，就懂了。人跟我没有任何相似之处，我们之间没有任何关联。他们有些可笑的小情绪，小虚荣，小放肆，小野心。他们可笑的渺小的人生只有这些：一个笑，一声叹息，然后灭亡。他们没有理性，只有道德感。我现在就举个例子，告诉你我这话什么意思。这里有一只红色的蜘蛛，跟图钉差不多大。你能想象一头大象会对它感兴趣吗？会想知道它过得是不是幸福，它是贫穷还是富有，它所爱的对象是否爱它，它的母亲身体抱恙还是身体健康，它在社会上是否受人爱戴，它的敌人会不会折磨它，它的朋友会不会抛弃它，它的希望会不会破灭，它的政治抱负或许实现不了，它去世的时候是有家人陪伴，还是孤苦伶仃，死在陌生的国土？大象对这些都不会有一丝兴趣。对大象来说这毫无意义。大象可不会同情这么渺小的动物。人对于我来说就像大象眼中的蜘蛛。大象从不会跟蜘蛛对着干，它不会把自己降低到与它相距如此之远的虫子的水平，就这么简单。我也并不会跟人对着干。大象表现得很冷淡，我也很冷淡。大象不会花力气去欺负蜘蛛；有时候需要的话，它倒是会给蜘蛛帮忙，也不费它丝毫气力。我也给人帮忙，但是从来不会欺负人。

"大象能活一百年，红蜘蛛只能活一天。无论是力量、智力还是尊严，前者都超出后者太多太多。在这些方面，包括品

质方面，人与我之间的差距更是比渺小的蜘蛛与大象之间的差距要大得多。

"人类的精神只能以笨拙的方式、千篇一律地耗费气力，做很多不值一提的小事，去达到一个目标，随便什么目标都是如此。我的精神属于我，是可以创造的！你明白其中的力量意味着什么吗？我的精神可以创造出一切我想要的，瞬间就可以完成，而且不需要物质材料。我只需要靠想，就可以创造出液体，固体，颜色，一切，任何东西。人想象出一根丝线，想象出一台机器去造丝线，他想象出一片风景，然后，再通过几个礼拜的劳作，在线稿上用丝线一点一点地绣出风景画。我呢，只需要在脑中想一想，一眨眼的工夫，风景图绣就完成了。

"我想出一首诗，一段音乐，一个棋局，随便什么，这些东西就存在了。我拥有的是永恒的精神，什么都逃不出它所及之处。我眼中没有任何障碍，岩石在我看来是透明的，黑暗对我来说亦是白昼。我不需要打开书本，眨一下眼就能吸收书里的知识；一百万年，我没有忘记一个字，甚至不会忘记这个字在书的哪个位置。不管是人鸟鱼虫还是其他什么生物，脑子里想的什么我全知道。我看一眼智者，就能潜入他的脑中，他耗费三十载获得的知识财富就都属于我了。他可能会忘记，年纪大了就会忘，可我不会，我能记得一切。

"很好，我听见了你的想法，你已经听懂我的意思了。我们继续。哪怕因为某种巧合，大象变得开始青睐蜘蛛，当然前提是它能看见蜘蛛，那它也永远不可能爱上蜘蛛。大象只能爱自己的同类，与它对等的其他大象。天使的爱是高尚的，令人崇拜的，神圣的，超越任何人类的想象……远超想象！可他会约束自己，只做崇高的事。要是天使有机会袭击一个人，那他会将人化为灰烬。就是这样，我们无法去爱人类，但是我们看待人类时所持的冷漠态度是温和的。我们有时也能青睐人。你看，我就很青睐你和你的朋友，还有彼得神父，我就是因为你们才为了村民而努力的。"

我觉得这话很讽刺，他听见了我脑中的想法，于是把他的观点详细地说给我听。

"哪怕刚开始看不出来，但我的确是为了村民的福祉而努力的。你的同类从来不懂得如何从厄运中看到好运，他们总会把两者混为一谈。因为他们无法预见未来。我对你的同胞所做的事在将来会获得好的结果。有时候是他们自己会走运，有的时候是他们的子孙后代得益。

"尽管如此，永远不会有人知道是我引起的这一切。你想想你们男孩子玩的游戏：你们把砖头竖着放成一排，每

块中间隔开一点；你们推倒一块砖，这块砖会撞倒旁边的砖，再撞倒后一块……一块接着一块，直到整排砖都倒下。人的一生也是如此。小婴儿的第一个动作推倒第一块砖，后面的砖就会不可避免地接连倒下。如果你们能像我一样预知未来，就能看到这个人将来会发生的所有事情。因为，但凡第一件决定性的事情发生之后，就没有什么能改变他一生中后续要发生的事情的顺序了。或者可以说，没有什么能改变是因为，每个行动会不可避免地引发另一个行动，后面这个行动又会引发下一个行动，以此类推，直到生命的尽头。我作为观察者，能够看得更远，看清那一连串的行动，还能很清楚地看到从摇篮到坟墓，哪个行动会在什么时刻发生。"

"是上帝安排的这一连串的事情吗？"

"提前安排？当然不是。是人面临的机遇和环境决定的。第一个行动决定第二个，还有后面一连串的行动。不过，从理论上来说，假设人能够跳过其中一个行动，比如某个很小很小的行动，假设这个人某天，在某一小时，某一分钟，某一秒，本应该去水井旁边，但是他并没有去。从这一刻开始，这个人的一生就会完全改变；从这时候开始，直到他入土为安，这段人生与之前他还是孩子时所做的第一个动作所决定的人生完全不同。如果他去了水井边，他可能会成为国王，但是他并没有去，于是最后过上了乞讨的悲惨生活。我再举另一个例子。就拿哥伦布来说吧，他儿时的第一个动作所决定的一生由一连串的动作构成，如果在某一时刻，比如在童年的时候，他漏掉了其中最微小的一个行动，那他的人生就会因此改变，他可能会成为神父，死在意大利某个小村，不为人所知，要等上两百多年，美洲大陆才会被人发现。我很清楚。无论跳过哥伦布生命中的哪一个动作，他的一生都会彻底改变。我研究过他可能从事的成千上万的职业，只有其中一个能让他发现新大陆。你应该没想到，你的所有行动都非常重要，对你的人生都有影响吧，可这是真的。抓住一只命中注定要抓住的苍蝇，也跟你命运中其他已经定下的行动一样有着重大的影响……"

"跟征服新大陆一样重要？"

"没错。当然了，没有人能真的跳过自己人生中的哪个动作……这是不会发生的！哪怕人非常努力地要决定自己做不做一件事，那本身也是已经定好的一个行动，在一连串的行动中有着它的位置。最终他下定决心要做的事情，也是他本来就会做的。你看，目前为止，没有人会跳过人生诸多行动中的一个。他根本做不到。如果他下决心要尝试去做，

那这决定也是原本行动中不可避免的一环,这个想法本来就会让他走到这一步,都是他在摇篮中所做的第一个动作所决定的。"

太令人绝望了!我黯然神伤:"那人不就是自己一生的囚徒吗?永远无法解脱。"

"确实如此,人是他自己的囚徒,无法摆脱童年第一个动作所决定的人生。可我有能力让人解脱出来。"

我抬起头,充满了希望。

"我曾经改变了你的一些同胞的人生。"

我想感谢他,可发现自己说不出话来,于是放弃了。

"现在我要再做一些变化。你认识小丽莎·勃兰特吧?"

"认识啊,大家都认识她。我母亲觉得她既漂亮又温柔,简直无人能比。她觉得她长大以后会成为我们村的骄傲,像现在一样被众人宠爱。"

"我要改变她的未来。"

"变得更好?"

"当然。而且我要改变尼古拉斯的未来。"

这一次,我终于心花怒放。"如果是为他好,那我就没什么问题啦!我确信您会对他非常慷慨!"

"我就是这样考虑的。"

我立刻幻想起尼基将来的宏伟蓝图来,我之前把他幻想成著名的将军,宫廷的总管。这时候我发现撒旦在等着继续下一步。他一定是听到了我脑中胡思乱想的东西，要笑话我了，可他什么也没说。然后他继续道："原则上来说，尼基的寿命能到六十二岁。"

"那很长啦！"

"丽莎呢，能活到三十六岁。不过，就像我对你说的，我会改变他们的一生和寿命。两分十五秒之后，尼古拉斯会睡醒，发现雨下进卧室里了。他原本会回床上继续睡觉。可我决定让他先起床，然后去关窗户。这个微不足道的动作会让他的人生发生天翻地覆的变化。明天清晨，他会比之前的人生晚起两分钟。所以，从那时起，所有之前人生会发生的一连串的事情都不会发生在他身上了。"

他掏出自己的怀表，看了一会儿，然后继续说："尼古拉斯起床关好窗户了。他的人生已经完全改变，他新的一生开始了。这个细节会带来无数变化。"

我起了一身鸡皮疙瘩，心乱如麻。

"就算没有这个变化，有些事也注定会在十二天以后发生。到时候，尼古拉斯原本会救起溺水的丽莎。他本来会在十点过四分，很久很久以前就注定的那个时刻，刚好到那里，他原本应该来到一片沙洲上，很容易救起丽莎，结局很确定。可从现在开始，他会晚几秒钟到达，丽莎会沉入更深的水底。他会用尽全力去救她，但是两人都会溺水而亡。"

"天啊，撒旦！我亲爱的撒旦！"我哭喊着，双眼满是泪水，"快救救他们！不要让这发生。想到会失去尼古拉斯我就心如刀绞，他是我的挚友，跟我一起游戏的最亲爱的朋友啊。您再想想丽莎可怜的母亲呀！"我拉着他，苦苦哀求，恳求他不要让他们溺死。可他并没有心软。他要我重新坐下，让我听到最后。

"我改变了尼古拉斯的人生，同时还有丽莎的。如果我没这么做，尼古拉斯就会救起丽莎，然后，他会因为这冰冷的河水而冻出病来。他会患上只有你们人类才会得的一种病，让人严重高烧，非常痛苦，造成可怕的副作用。四十六年里，他会一直卧床，像根木桩一样毫无知觉，又聋又哑，双目失明，日日夜夜祈祷着死神能将他带走，减轻他的痛苦。你希望我让他过之前的这种人生吗？"

"当然不是！天哪，肯定不行！求您怜悯他们，还是这样不变吧。"

"这是最好的选择。我改变他人生的其他任何事情也不能做到更好了。他有上千万种人生，可没有一个值得过，所有的人生都充满痛苦、不幸与灾祸。如果我不介入，他就会在十二天后去救人，整件事也就六分钟时间，换来的却是四十六年的痛苦折磨。刚才我跟你说，有时候，一个行动会给人带来一个小时的幸福时光和满足感,却需要多年的痛苦作为代价。这就是一个例子。"

我在脑中想,可怜的小丽莎那么小就面临死亡,究竟需要什么作为代价呢?撒旦听见了我的想法,回答说:"十年的时间,在痛苦中慢慢从溺水的后遗症中恢复,之后十九年中,在堕落、耻辱、道德败坏、犯罪中过活,最终死在刽子手手里。十二天后,她就会死掉。她母亲会尽力去救她的命。可我的做法不比她母亲更好吗?"

"确实更好,而且更明智。"

"彼得神父的诉讼就快开始了。好在有很多不可辩驳的证据,证明他是无辜的,他会被无罪释放。"

"可是,撒旦,这怎么可能?您真的相信他会被无罪释放?"

"我甚至可以说我知道。他会沉冤昭雪,恢复名誉,晚年生活会非常幸福。"

"我真心希望是这样。如果他能恢复名誉,他一定会非常幸福。"

"他的幸福可不是因为这个。我会改变他的人生,都是为他好。他永远不会知道他的名誉会得以恢复。"

我在脑中卑微地想问出其中的细节,可撒旦并不在意。然后我胡思乱想,想到了占星家,不知道他怎么样了。

"在月球上。"撒旦告诉我,还发出了像是嘲笑一般的声音,"我把他

送到寒冷的那一面去了。他不知道他在哪里,惊慌失措地过了一刻钟,不过这挺适合他的,毕竟他可以在那儿做他的星象研究。很快我还会需要他,我会把他带回来,再附上他的身。他将度过残酷而艰难的漫长人生,不过

我会好好补偿他，毕竟我并不针对他，我也可以对他好。我想之后可以让他被烧死。"

他脑中关于善的概念太奇怪了！可天使就是这样被造出来的，他们只会这样行事。他们的做事方式跟我们不同，而且，人类对他们来说不值一提。他们只把人类看成是单纯奇怪的动物。我觉得他把占星家送到那么远的地方很奇怪，他其实只需要把他送到德国，也挺管用的。

"远吗？"撒旦又说，"在我眼里，没有哪里是远的。距离对我来说不存在。太阳离这里将近一亿英里*远，阳光到达地球要花八分钟，可我能在一眨眼的工夫就到达，无论到多远的地方，快到连钟表都没法测量。我只需要在脑中想一想要去哪里旅行，瞬间就到了。"

我把手伸出来。

"阳光照

---
*1英里约合1.61公里。

在我手上呢，撒旦，你把阳光变成一杯红酒吧。"

他照做了。我喝掉了酒。

"把杯子打碎。"他对我说。

我打碎了杯子。

"你看，杯子确实是真的吧。村民们以为刚刚的铜球是魔术变出来的，跟青烟一样会消失。他们害怕去摸。你们倒是挺奇怪的，都不害怕我。不过……来吧。我还有事要做。我带你回床上去。"

话音刚落，我就躺回了床上。他已经不在我身边了。不过他的声音穿过细雨和夜色传到我耳中："可以，可以讲给塞皮听，不过不要告诉其他人。"

这是对我无声提问的回答。

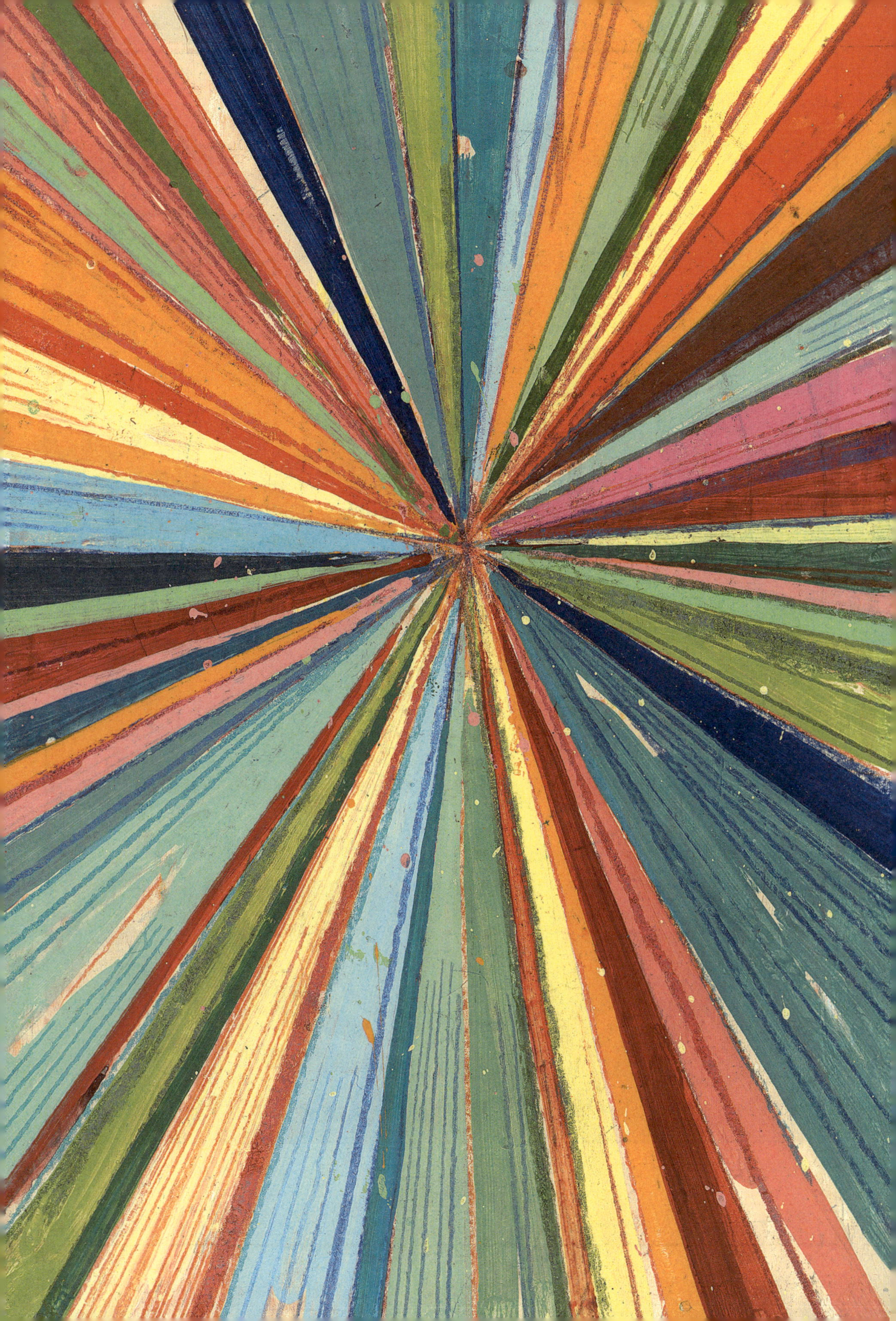

第 8 章

我失眠了。

不是因为我飞过大半个地球,到达了中国,既骄傲又激动,也不是因为我开始鄙视巴尔泰尔·斯佩林,他自称"旅行家",跟我们说话总是一副盛气凌人的模样,但他只是去过维也纳一次,是埃塞尔多夫村的年轻人中唯一一个去过那里,见过世界奇观的人。不是因为这些,而是因为我满脑子都是尼古拉斯,脑中只想着尼古拉斯,想着我们一起玩耍的美好时光。夏日漫长的白昼里,我们在树林里、草地上和河边撒欢,冬日我们偷跑出去溜冰,滑雪橇,我们的父母还以为我们去上学了。可他马上就要失去这年轻的生命,冬去春来,我们其他人还可以像之前那样继续蹦蹦跳跳,嬉戏打闹,他却永远地不在了。我们再也见不到他。

明天,他不会有任何预感,他会像平常一样,而我听到他笑,看到他为琐事而烦心,心里都会不是滋味。因为对我来说,他很快就会变成一具尸体,双手蜡黄,两眼无神,我将看到他的脸被裹尸布包住。后天,他依旧不会有所察觉,大后天也是一样,可剩下的这段日子,是他最后的时光,就像阳光下的白雪,很快便会消融殆尽,可怕的这天越来越近,他的命运慢慢地走向终结,却没人知道,除了我和塞皮。十二天,再过十二天。想到这里,我万分揪心。我发现,在我脑中,无法再亲切地叫他的昵称尼克或是尼基了,而是怀着崇敬的心情,叫出他的全名,就像人们通常称呼死者一般。而且,我们小伙伴之间过去发生的各种

微不足道的小事，现在都涌现在我脑中。我发现我记起的大多是我欺负他的事情，我非常自责，悔恨交加，就像人们纪念逝去的友人时，总是想起对他们所做的坏事一样，多么希望他们能活过来，哪怕只有一瞬间，这样就能跪在他们面前说："发发慈悲吧！请原谅我的所作所为。"

我们九岁时有一天，尼古拉斯跑到两英里开外的一家水果铺买水果。店主送给他一只大苹果做奖励。他既惊讶又兴奋，一路回家，他都忍着没有吃大苹果，然后在路上碰到了我。他把苹果拿给我看，没想到我会欺负他，我拿起苹果拔腿就跑，边跑还边大口啃了起来，他在后面一边追一边求我。等他抓到我的时候，我把吃剩下的苹果核丢回给他，还嘲笑他。他转过身去，大哭起来，他对我说，他本想把苹果留给小妹妹吃。我吃了一惊，因为他的妹妹之前得了重病，刚刚恢复得有点起色，他原本可以开心

地看到妹妹又惊又喜的表情，得到妹妹的拥抱。可我不好意思向他承认我觉得羞耻，所以反而假装冷漠，恶狠狠地对待他。他没有对我说话，只是生气地背过身去，回了家。后来的几年里，尤其在夜里，我常常想起我做的这件错事，感到自责，无地自容。这件事在我的记忆里已经逐渐模糊，差点就被遗忘，可现在我又重新想了起来，甚至记忆犹新。

还有一次是在学校，那时候我们十一岁，我打翻了墨水瓶，弄脏了四本簿子，差点遭到严厉的惩罚。可我说是他干的，反而是他被老师打了手心。

还有去年，我跟他换东西的时候还骗了他，我拿了一个坏掉的大鱼钩去换了他的三个好的小鱼钩。他钓到的第一条鱼就扯断了钓钩跑了，可他不知道是我的错，还不愿意拿回他的一个小钓钩，我良心未泯，一定要送他一个，我说："买卖就是买卖，大钓钩质量不好，可这也

不是你的错。"

是的，我完全无法入睡。这些小事一直在我脑中折磨我，比欺负活着的人还令我痛苦。尼古拉斯还活着，可那又怎样。对我来说，他已经死了。风依旧在屋顶下呼啸，雨依旧叮叮咚咚地敲打着百叶窗。

清晨，我去找到塞皮，向他讲述了一切。他在河边。他的嘴动了动，却没说出一句话来。他脸色铁青，怅然若失，一副浑浑噩噩的样子。他就这样过了一会儿，眼睛里满是泪水，然后转过身去。我挽住他的手臂，我们一起无声地慢慢走着，想着尼古拉斯。我们跨过桥，在田野上、山丘上、树林里游荡，直到我们终于能正常地开口说话。我们谈起尼古拉斯，谈起跟他在一起的回忆。塞皮时不时重复着："十二天！还有不到十二天！"像是在说给自己听一样。

我们决定把所有时间都拿来跟他待在一起，我们要尽可能多陪他。从那时候起，每一天都无比珍贵。可我们不会主动去找他。不然总觉得是去找逝者，我们心里害怕。虽然没有说出来，但是我们心里是这样想的。所以有一天，我们在小路拐弯的地方撞见他，都吓了一大跳。他很兴奋地冲我们喊："你们好啊！好啊！怎么啦？你们见到鬼了？"

我们一句话也说不出来，不过我们其实无须说话。他太兴奋了，迫不及待地要把重要的事情告诉我们，因为他刚刚见到了撒旦。撒旦向他讲述了我们去中国的那趟旅行。尼古拉斯求撒旦把他也带去，撒旦同意了。去那么遥远的国度，那肯定会是一趟精彩纷呈的旅行啊！他求撒旦也带我们同去，可撒旦并没有同意，也许以后有一天吧，但不是马上去。撒旦会在这个月十三号来找他，他已经开始算起日子来了。他已经迫不及待了。

那天正是他会丧命的一天。我们也一直在算着日子。

我们一同散步，走在童年最爱的小径，总能让我们想起旧时美好的瞬间。但只有尼古拉斯一直兴高采烈，我跟塞皮一直沉浸在忧伤中。我们对他无比温柔，

总是甜言蜜语，体贴入微，他也发觉了，感到心满意足。

我们还一直照顾他，比如说："等等，我来帮你做。"这也让他满心欢喜。我有七个钓鱼钩，都送给他了，还让他必须收下。而塞皮则把自己全新的小刀送给了他，还有一只刷成红黄两色的陀螺。这些都是为了过去欺骗他而做的补偿，不过他肯定不记得那些小事了。这一切让他感动不已，他从没发现我们居然如此爱他，他越是满足，越是感激我们，我们就越是揪心，觉得不配接受他的谢意。终于到了分开的时候，他满面红光，告诉我们，他度过了一生中最幸福的一天。

在回家的路上，塞皮说："我们之前一直很爱他，可从来没有像现在这样爱他，因为我们知道很快就会失去他。"

第二天，还有之后的几天，我们把所有的空余时间都留给了尼古拉斯。我们甚至逃学，不做家务，去陪他。结果三个人都受到了严厉的斥责，差点就被惩罚。

每天清晨，我和塞皮都会从梦中惊醒，从床上跳起来，浑身颤抖，一面念叨："还有十天。""还有九天。""还有八天。""还有七天。"期限越来越短。可尼古拉斯一直那么开心阳光，还总是很讶异我们为什么不开心。他绞尽脑汁想把我们逗乐，可我们也只是表面上乐一下而已。他看得出来，我们没有心思玩耍，我们就算哈哈大笑，也会很快莫名其妙地停下，最后以叹息结束。他一直想弄清我们为什么不高兴，帮我们解脱出来，或是和我们一起承担，让我们减轻一些痛苦。我们只好对他不停地撒谎，告诉他我们没有不高兴，安慰他。

可最难的是，他一直不停地畅想着未来的计划，而且通常都是十三号之后的！这每次都让我们的内心禁不住颤抖。他只想着要帮我们摆脱低落的情绪，让我们开心起来，于是，在他只剩最后三天的时候，他想到个好点子，这让他欢欣鼓舞起来：去我们第一次遇见撒旦的树林里散步，办一场男孩女孩都参加的舞会。庆祝活动将在十四号举行。这太可怕了，因为那天将是举办他葬礼的日子。可我们没法反对，因为他只需要不停地问我们"为什么？"，就能让我们哑口无言。他希望我们帮他一起发请柬，我们照做了。我们无法拒绝即将离世的朋友。可这太可怕了，因为那将变成参加他葬礼的邀请函。

前十一天我们过得浑浑噩噩。可是跟最后一天相比，这十一天里他还是一条鲜活的生命，这样看来，那还算是美好幸福的回忆。其实，这就像是去墓园为挚爱之人扫墓，我们跟他之间的友谊是最深厚、最珍贵的。我们在意每个小时，每一分钟，我们数着时间，看一分一秒逐渐流逝，知道就快痛失挚友，心如刀割，就像守财奴看着自己藏起来的钱财一个硬币一个硬币地被抢走，却无能为力。

最后一天的晚上，我们回家很晚。是我跟塞皮造成的。我们一想到要离开尼古拉斯就钻心地难受。所以我们把他送回家的时候已经很晚了。我们停留了一会儿，偷偷听他家里的声音。果然像我们害怕的那样，他父亲对他进行了严厉的惩罚，我们听见了他的惨叫声。可我们只听了一会儿，就飞也似的跑走了，我们追悔莫及，都怪我们，他才会被打。我们也为他父亲感到抱歉。"如果他知道！如果他知道！"我们这样想着。

清晨，尼古拉斯没有来我们每天见面的地方。

我们便去他家中打听消息。

他的母亲解释说："他父亲受够了，再也受不了他成天逃学，不能容忍他继续这样下去。去找他两次，就会有一次不在，根本找不到人，后来我们才知道他跟你们俩游手好闲去了。他父亲昨晚好好教训了他一顿。之前我一直受不了他被教训，会帮他说话，可这次我不想听他解释，我也失去了耐心。"

"这次您没有帮他真是太可惜了。"我回答说，声音微微颤抖，"如果您帮他的话，将来有一天您回想起来会感到欣慰的。"

她正在用铁熨斗熨着什么，听到我的话转过身来。她的脸上满是惊讶和迷茫。

"你这话什么意思？"她问我。

我没想到她会这样问我，被问得哑口无言。我愣在那里，因为她一直用眼睛盯着我。可塞皮比我反应快，他替我说了话。

"那肯定会是一段美好的回忆。因为我们昨晚回家很晚，只是因为尼古拉斯对我们说，您对他特别特别好，您在的时候有您帮忙说话，他从来不会挨鞭子。他说了好多您的事，我们听着高兴，就忘了时间。"

"真的？他是这么对你们说的？"

她用围裙擦了擦眼睛。

"不信您可以问西奥多，他保证也是这么说的。"

"我的小尼克真是个好孩子。"她说，"我后悔让他被打了。

"我再也不会这样做了。跟你们说，昨天晚上，我在那里冲他生气发火的时候，他还是说很爱我，说着我的好！天啊！如果人能什么都知道就好了！我们就再也不会犯错。可我们只不过是可怜的动物，什么也看不见，只能在黑夜中摸索，不停地犯错。以后一想到昨晚发生的事，我肯定会非常揪心。"

她这么说其实也很正常。可是在灾祸即将来临的这几日里，人们说出什么话来都会让我们哆嗦几下。他们"在黑

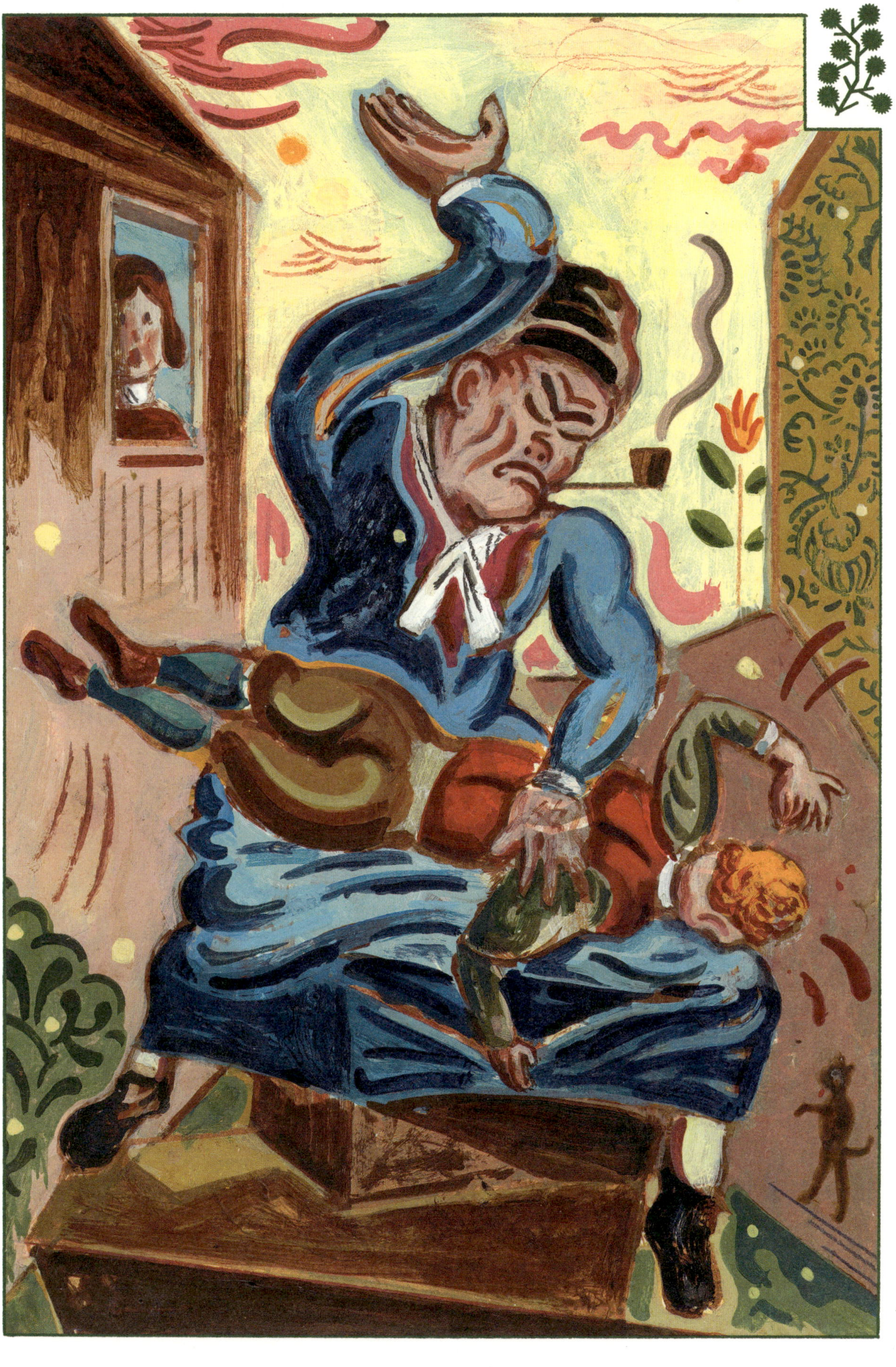

暗中摸索",根本不知道他们所说的话即将成为悲惨的现实。

塞皮问她尼古拉斯能不能跟我们出去玩。

"不好意思啦。"她回答说,"那可不行。他父亲这次要好好惩罚他,所以他被禁足在家一整天。"

这可是天大的好消息啊!我在塞皮的眼中也看到了希望。"如果他不能离开家门,他就不会被淹死。"我们这么想。

塞皮想更加确定一些,于是又问:"他是今天一整天都不能出门,还是只有今天早上?"

"一整天。真是可惜啊。他从来没被这样关在家里过。不过这下他就有时间为他的晚会做准备了,估计会让他忙上好一阵儿呢。我希望他不会觉得太孤单。"

塞皮的脑中晃过一个大胆的想法,于是问我们能不能进去陪陪我们的好朋友。

"当然可以了!"她热情地说,"这才是真正的友谊!你们本可以去外面玩耍,在草地和树林里奔跑,却主动愿意留在家里陪他。尽管你们偶尔会误入歧途,但是我知道,你们都是好孩子。你们把这些蛋糕拿着,把这块带给他,就说是他妈妈给的。"

我们走进尼古拉斯的卧室时最先注意到的是时间:刚好十点差一刻。难道这是他活着的最后十几分钟?我的心揪了起来。尼古拉斯一跃而起,欢快地接待我们。他一直在准备晚会,心情可好了,一分钟也没觉得无聊。

"你们快坐下。"他对我们说,"看看我做了什么。我造了一只大风筝,我要给你们看看。现在风筝还在厨房里晾干呢。我这就去拿。"

他把自己攒的零花钱都花掉了,买来了各色小装饰品,用来做晚会游戏的奖品,全部摊在桌上。

"你们随便看。我去让母亲帮我把风筝还没干的部分用熨斗熨干。"说着,他便离开了房间,一面啪嗒啪嗒地下楼梯,一面开心地吹着口哨。

我们一眼也没看那堆小玩意儿。我们只对一样东西感兴趣,那就是挂钟。我们静静地坐在钟摆前面,盯着看,听嘀嘀嗒嗒的响声,每次分针挪动一下,我们便心领神会地点一下头。这意味着与死神的赛跑又少了一分钟。

终于,塞皮长吸一口气,说:

"十点差两分。还有七分钟,就过他的死期了。西奥多,他要得救了!他会……"

"嘘!我快坚持不住了。看着钟,别说话。"

又过了五分钟。我们既紧张又激动,快要喘不过气来。

又过了三分钟,楼梯上回响起脚步声。

"得救啦！"

我们跳了起来，转向房门。

老母亲拿着风筝走了进来。

"真漂亮，对吧？"她说，"天啊，他可花了不少功夫在上面……我估计从一大早就开始了，你们来的时候他刚刚完成。"

她把风筝靠在墙上，后退几步，欣赏起来。

"他自己在上面画的图样，我觉得非常漂亮。教堂画得一般，我得承认，不过你们看这桥……一下就能认出来。他让我拿给你们看……哟！现在已经十点零七分了，我……"

"可他在哪儿？"

"他？哦，他一会儿就来。他出去了一下。"

"出去？"

"对。他下楼的时候，小丽莎的母亲来跟我们说，小丽莎一个人跑远了。她有点担心，所以我让尼古拉斯不要听父亲的命令待在家里，去找小丽莎了……你们俩的脸色为什么这么苍白？你们是不是病了？快坐下来，我给你们拿点药来。你们是不是吃了蛋糕不消化？蛋糕是有点腻人，可我觉得……"

她的话还没说完人就不见了，我们跑到窗口望向河边。桥的另一头聚满了人群，还不停地有村民朝那里跑去。

"完了，都完了……可怜的尼古拉斯！她为什么，为什么要让他出门？"

"我们赶紧去吧。"塞皮抽泣着对我说，"快点……我们看到她的样子肯定会受不了的。再过五分钟她就会知道了。"

可我们没能逃掉。她在楼下撞见了我们，手里还拿着药，她强迫我们坐回去，立刻把药吃掉。我们吃了药，可她觉得并没有见效，不是很满意。于是，她让我们再等一会儿，还一直不停地埋怨自己，给我们吃了不好消化的蛋糕。

我们最害怕的事情终于发生了。外面传来了脚步声和摩擦声，随后，一小队人面色凝重地走了进来，他们都摘下了帽子，将两具溺水的躯体放在床上。

"上帝啊！"可怜的母亲哭号起来。她跪倒在地，抱住已经没有呼吸的儿子，不停地亲吻他的脸颊。

"啊！是我让他去的，是我害死了他！如果我听他父亲的话，如果我让他留在家里，他就不会死掉。我这是受到了惩罚，就是因为昨晚我对他太残忍了。他一直请求我，他的亲生母亲，做他的朋友。"

她不停地说着，说着，周围所有的女人都哭了起来，她们都很同情她，想安慰她，可她就是无法原谅自己，继续说如果不是她让孩子出门，他应该还安然无恙，她要为他的死负责。

可见，人们自责做错事情的时候，其实根本不是他们犯了错。只有撒旦，只有他清楚，由我们人生的第一个行动所决定的事情是不可避免的，一定会发生。所以，一旦第一个行动完成了，我们就再也无法改变后续的一连串事情。

很快，我们听到几声尖叫，勃兰特夫人粗暴地扒开人群，挤了过来，她衣冠不整，头发也散落下来。她猛地扑到死去的孩子身上，呻吟着亲吻她，不断地哀叹，并说着温柔的话语。过了很久，她终于站起身来，却因为情绪过于激动而精疲力竭。她攥紧拳头，举在头顶，泪流满面，表情那么痛苦，不停地自责起来：

"两个礼拜了，我不停地做梦，不断地有预感、预兆，知道死神会降临在我最爱的孩子身上。我每天每夜，从早到晚，都拜倒在上帝脚下，祈祷他可怜可怜我那无辜的孩子，把她从痛苦中拯救出来……这就是他给我的回答！"

可是，上帝的确把她从痛苦中拯救出来了……只不过她并不知道。

她擦掉眼里和脸上的泪水,站了一会儿,直直地望着她的女儿,用手抚摸着她的脸庞和长发。随后无比辛酸地继续说:"可他的心那么无情。我再也不会向他祈祷了。"

她把死去的孩子紧紧抱在怀里,大步离开了。她所到之处,人群自动散开,大伙儿都被她刚刚发表的可怕言论吓到哑口无言。

哎,可怜的女人!正如撒旦所说,我们无法从厄运中发现好运,总是把两者混淆起来。从那以后,我多次听人向上帝祈祷,求上帝保住病人的性命,而我再也没这么做过。

第二天,两场葬礼弥撒同时举行,就在我们的小教堂里。所有人都出席了,包括本该参加晚会的客人。撒旦也来了。这很正常,正是因为他的努力,才有了这两场葬礼。尼古拉斯失去了生命,却没有得到宽恕,人们还要募集捐款来举办弥撒,帮他逃出炼狱。可惜他的父母只筹到三分之二的钱,于是决定去借钱补上,可撒旦帮他们全部偿清了。他走到一边,告诉我们,炼狱根本不存在,他捐这笔钱是为了让尼古拉斯的父母和朋友们不那么痛苦不安。我们觉得他这么做无比慷慨,可他提醒我们,金钱对他来说一文不值。

在墓园,木匠抢走了小丽莎的遗体,因为她母亲欠了他五十格罗申,是前一年干活的工钱。她干一辈子活也还不起这笔账,现在更还不上。木匠把小丽莎搬到他家,在地下酒窖里安放了四天。这四天里,她母亲整天在他家周围打转,一边哭一边乞求他。可最后,他把小丽莎葬在了他哥哥的牲畜栏里,什么宗教仪式都没办。

她母亲又悲痛又耻辱,疯了一样,她丢下工作,每天到城里骂木匠,骂皇帝和教会定下的律法,让人看着着实心疼。塞皮求撒旦做些什么,可撒旦回答说,木匠和其他人都属于人类,所做的事情

也不比其他人类更恶毒。如果他看见一匹马这么做，他倒是会介入，还说，如果我们看见一匹马做出了和人类一样的举动，一定要告诉他，他定会来制止。我们想，他应该是在取笑我们，因为根本不可能有这样的马。

不过，几天之后，我们再也受不了这可怜的母亲继续像这样痛不欲生，于是请求撒旦研究一下她的不同人生，看能不能把她现在的人生变得好一点。他告诉我们，其实她最长的寿命有四十二年，最短的有二十九年，两段人生都充斥着痛苦、饥饿、寒冷和折磨。唯一好一点的人生，必须在整三分钟之后跳过一件事，接着他问我们要不要这么办。我们在这么短的时间里必须做决定，紧张得不行，快疯了，等我们缓过神来，想问他细节的时候，他告诉我们，还有几秒钟时间就要过了。于是，我们不约而同地说："赶紧改吧！"

"改好了。她马上就会在路口拐个弯，我让她向后转。她的人生就会完全改变。"

"撒旦，那具体会发生什么？"

"现在正在发生。她在跟织布工菲舍尔吵架，菲舍尔一生气，就会做出原本不会做的事情。之前她在遗体旁边大声咒骂、亵渎上帝的时候，他也在场。"

"那他会干吗？"

"他现在正在做呢——告发她。三天后，她就会被处以死刑。"

我们面面相觑，害怕到僵在原地，因为如果我们没有掺和到她的人生中去，她就不会面临如此可怕的命运。撒旦听到了我们的想法。

"你们这是典型的人类思维，换句话说就是愚蠢的思维。这位母亲的人生可是变好了的。她无论什么时候死掉，都会上天堂。而她这次死得早，跟之前相比就能在天堂多待二十九年，而不是在人世受二十九年的苦。"

几分钟前，我们还辛酸地决定，以后再也不求他帮我们的朋友把人生变得更好了，因为很明显，他帮忙的方式就是杀掉他们。可现在，我们以全新的方式看待这个问题了。我们很庆幸做了这个决定，光是想到这里，我们就满心喜悦。

没过多久，我开始为织布工担心起来。便小心翼翼地问撒旦：

"这件小事会改变菲舍尔的人生轨迹吗？"

"改变他的人生？那是当然了。而

且是完完全全的改变。如果他没有在那个时候,在路上撞见勃兰特夫人,他就会在明年去世,那时三十四岁。现在,他能活到九十多了,而且晚年生活既富足又安逸。至少对人来说是这样。"

我们为菲舍尔做的事让我们感到非常自豪开心,我们期待着撒旦也这么开心。可他并没有显出高兴的样子,这让我们心里很不是滋味。我们等着他发话,可他一直沉默。最后为了平复我们内心的不安,我们只好主动问他,织布工获得的好运里有没有缺陷。撒旦思索片刻,犹犹豫豫地告诉我们:

"是这样,这件事有点微妙。不管他之前的人生有多么不同,他都是会上天堂的。"

我们目瞪口呆。

"天啊,撒旦!那在这个人生里……"

"来吧,你们别这么沮丧。你们都是好心为他。你们应该感到宽慰。"

"可是,可是,我们不会感到宽慰。您应该早点告诉我们后果是什么,这样我们就不会这么做了!"

他听了面无表情。他从来没有感受过痛苦和悲伤,对这些情感完全没有具体概念。他只在理论上知道这些情感,也就是说理智上知道。可理智上知道并不管用。没有个人体验,就只能对这类情感有种模糊的概念,却并不清楚。我们试图想让他理解,他所做的事情是多么可怕,我们连累了多少人,可他听不明白。他还反驳说,菲舍尔死后去哪里根本不重要,天堂里没人会遗憾他进不进得去,因为"天堂里人挤人"。我们

想让他理解，他完全没搞清楚问题在哪里。应该决定上不上天堂是否重要的只有菲舍尔，而不是其他什么人。可我们说什么也没有用，他总结说，他只动了这个菲舍尔的人生，其他叫菲舍尔的人还多着呢。

一分钟过后，菲舍尔刚好从路的另一头走过来，他看着我们，让我们无地自容，头晕目眩。我们想到厄运降临在他身上，而我们是罪魁祸首，可他没有丝毫怀疑！他迈着欢快轻盈的步伐，身姿敏捷，可以看出他刚刚告发了可怜的勃兰特夫人之后，的确心满意足。他不停地回头看，没过多久，就看见勃兰特夫人也出现了，被两个警察架着，身上绑着的铁链晃来晃去。在她所到之处，人群聚集起来，冲着她破口大骂："渎神者该死！异教徒该死！"人群里不乏她平日里的邻居和朋友。有些人还想打她，警察并不制止，不护着她。

"撒旦，快让他们停下来！"

我们话已出口，才反应过来，不能再让他改变这一刻了，不然会搅乱所有这些人的余生。可他张开嘴，向他们吹了一口气，他们变得踉踉跄跄，摇摇晃晃，双手在空中抓着什么，然后，他们四散开去，全都尖叫着逃走了，像是遭受了什么无法承受的疼痛。就吹了这么一口气，撒旦折断了他们每人一根肋骨。我们忍不住问他，他们的人生会不会也跟着改变。

"当然了，会完全改变。有些人能多活几年，有些人会少活几年。有几个人因为这件事人生反而变得更好，不过也就几个人如此。"

我们没再追问，可怜的菲舍尔失去的好运是不是匀给了这些人。我们不想再了解。我们越来越确信，撒旦的确想向我们表现他的善，可我们不敢再相信他的判断。也正是从这时起，我们不再想着让他帮我们看未来的人生有什么好改变的了，我们的兴趣点开始有所转变。

这一两天，村民们心神不宁，村里风言风语，都在传勃兰特夫人的案子，还有袭击了攻击她的人的那场神秘的灾难。案子开庭审理，挤满了人。小丽莎的母亲很快就因为亵渎上帝被判有罪，因为她还在不停地说着可怕的亵渎之词，坚决不肯收回那些话。法官警告她，她是在拿自己的性命开玩笑，她却对法官说那就拿去吧，她也不想活了，她宁可坠入地狱，与真正的魔鬼在一起，也不愿意留在村里，跟这些假恶魔在一起。法官控诉她用巫术折断了那些人的肋骨，问她是不是女巫。她嗤之以鼻，回答说："我才不是。如果我有女巫的能力，你们能活过五分钟？你们这帮伪善之人！我才不是，不然我会用雷把你们都劈死。您快做判决吧，我受够您了。让我一个人静静。"

就这样，她被判有罪，被逐出天主教，剥夺了上天堂的资格，被判用地狱之火

处以死刑。然后,她被套上一条粗布长裙,变成没有信仰的世俗之人,被带到小村的中央广场上,这时,教堂的大钟顶上敲响了丧钟。她就在我们眼前被绑上了柴火堆,第一缕青烟直直地飘到空中,没有一丝风。终于,她冷酷的表情柔和了起来,她看着挤在她面前的人群,温柔地说:

我原谅你们。"

这时候我们离开了,不想看到大火把她吞噬的样子,可我们听见了痛苦的尖叫声,就算用手指塞住耳朵,依旧听得清晰。尖叫声消失了,我们知道,尽管法官将她逐出教会,她还是去了天堂,而我们很庆幸她死了,并没有为造成这一切而感到遗憾。

"过去我们曾经一起玩耍,那是很久以前,我们还是无知年幼的孩子。以孩子的名义,

过了一阵子,有一天,撒旦又显灵了。我们不停地找他,因为只要有他在,我们

就不会无聊。他来树林里找我们，就在我们第一次遇见他的地方。我们还是孩子，总是喜欢各种游戏的。我们求他让我们看一场戏。

"好呀。"他说，"看一个人类进步的故事好不好？你们想不想看人类是怎么发展出所谓的人类文明的？"

我们说很乐意看。于是，他只是在脑中想了一下，就把那个地方变成了伊甸园，我们看见亚伯在祭坛前祈祷，然后该隐拿着粗木棍接近他。他似乎没有看见我们，如果我不向后退的话，他差点就踩到我的脚了。他对哥哥说着一种我们听不懂的语言，然后他突然目露凶光。我们知道马上要发生什么，赶紧转过头去，可我们听到了木棍敲击的声音，紧接着是尖叫和呻吟。最后一片沉寂，我们看见亚伯躺在血泊中，咽下了最后一口气，死了，而该隐站在他身边，居高临下地盯着他，一副大仇得报的表情，没有一点悔意。

这场景消失后，变成了一连串无名战争、谋杀、屠杀的场景。随后是大洪水到来，诺亚方舟漂浮在波涛汹涌的海面上。远方，隐隐约约能看见高山，被雨幕所遮挡。撒旦解释说："之前你们人类的进步并不令人满意。现在可以有第二次机会了。"

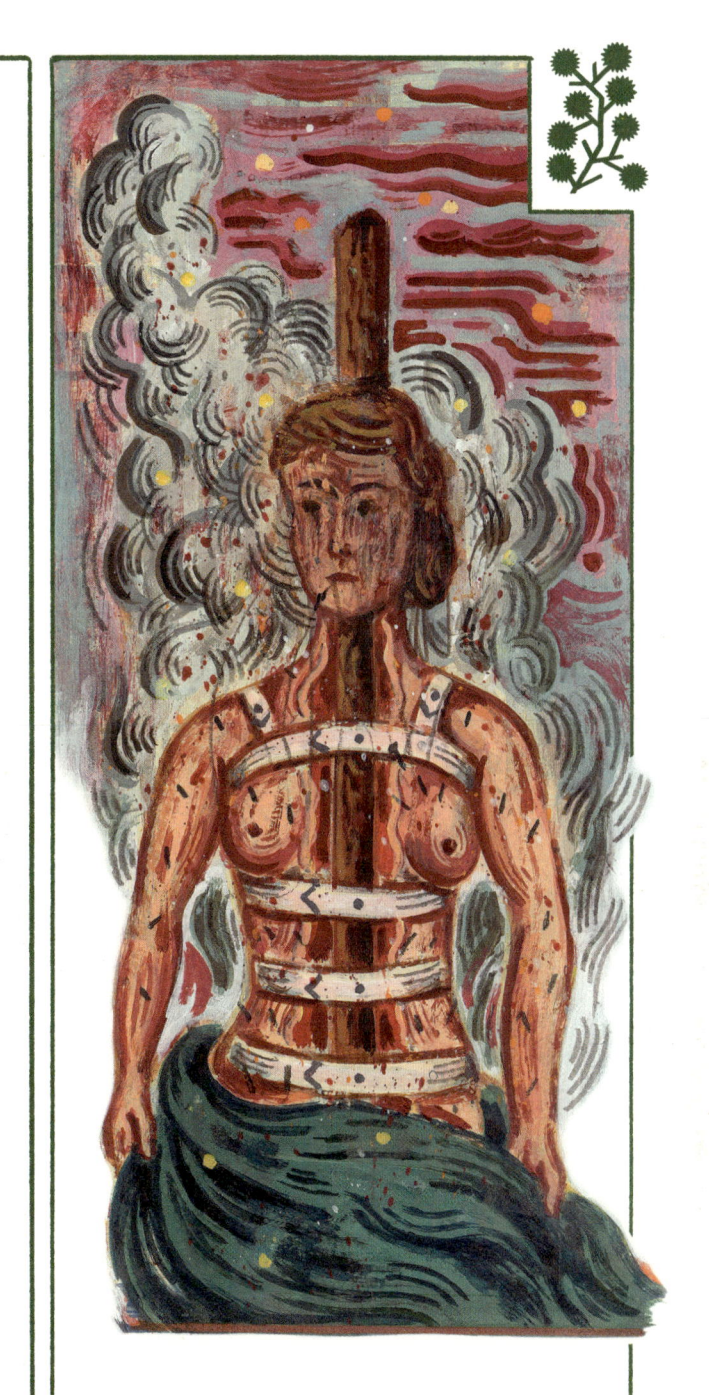

风景再次变化，我们看见诺亚喝醉了酒。

接着，我们见到了索多姆城和戈摩尔城，"试图在城里找到两三个令人尊敬的人"，就像撒旦说的一样。然后，我们看到罗德和他的女儿们在山洞里。

接下来是希伯来几场大战，我们看见征服者屠杀幸存者和他们的牲畜，放过了年轻女子，把她们分开送到周围的城市。

然后是雅亿。我们看见她溜进帐篷，把帐篷的橛子敲进沉睡的客人的太阳穴里。我们离得那么近，鲜血流出来的时候形成鲜红的小水流，一直淌到我们脚边，我们愿意的话甚至可以把手指浸在血里。

接着我们看到的是埃及战争、希腊战争、罗马战争，每次大地都被鲜血浸润，甚是可怕：我们看见罗马人背叛了迦太基人，目睹他们屠杀这些勇敢的人，那一幕令人作呕。我们还看见恺撒入侵不列颠。"这些野蛮人并没有伤害过罗马人，可恺撒觊觎他们的土地，还想让不列颠岛的寡妇和孤儿都承认罗马文明的益处。"撒旦给我们解释说。

然后，基督教诞生了。接着，欧洲的不同时代一个接一个地展现在我们眼前，我们看见基督教信仰和文明在不同时代不断易手，"所到之处留下的总是饥荒、死亡和破坏，其中还有人类进步的迹象"，正如撒旦观察到的那样。同之前一样，这些时代也充斥着战争，还是战争，总是战争，不光在整个欧洲，全世界都是如此。撒旦告诉我们："有些时候是因为王室的私人利益，有时是为了除掉某个小国。没有任何战争是以正当理由发起的，侵略者以正当理由发起战争，这在人类史上根本不存在。"

他总结说："好了，你们见过从古到今的人类发展了，你们必须承认，以人类的方式来看，还是相当出色的。现在让我们看看未来。"

他给我们看了很多场大屠杀，杀人方式更为骇人，战争机制更具毁灭性。

他又说:"你们要明白,你们人类的进步是恒定不变的。该隐谋杀哥哥用的是粗木棍;希伯来人杀人用标枪和刀剑;希腊人和罗马人还用上了护甲,有军团和军事战术;基督徒又加入了火枪和火药;几个世纪以后,人类还会提高毁灭性武器杀人的效率,到时候所有人都会承认,没有基督教文明存在的话,战争就只会平平无奇,微不足道,直到世界末日。"

然后,他发出极度冷漠的笑声,开始嘲笑起我们来,他非常清楚,他的话很伤人,令我们感到无地自容。只有天使能做出这样的事来,可天使是不懂什么是痛苦折磨的,他们根本不知道这是什么,他们所了解的也只是听来的。

之前不止一次,我和塞皮既害羞又窘迫地想要改变他的想法,见他沉默以

对，我们以为起到了作用。可现在听到他这番话，我们失望透顶，这证明我们根本没有让他听进去。想到这里，我们更伤心了，我们终于了解到传教士传教失败的心情，原本很有希望的事突然成了泡影。我们把失望放在心里，知道现在不是说出来的时候。

撒旦无情地大笑起来，直到不想笑为止，然后他说：

"这进步，真够出色的。在五六千年里，诞生了五六个伟大的文明，文明繁荣，举世瞩目，随后衰败，灭亡。除了最后一个，前几个文明都没能创造出一种彻底、完全地歼灭大批人的方法。这几个文明都努力过了，杀人是人类最重要的抱负，也是人类历史的首要事件。

只有基督教文明完成了令人骄傲的伟大胜利。再过两三百年,所有厉害的杀人者都会是基督徒。到那个时候,异教徒就会去基督徒的学校上学,不是为了学习他们的宗教,而是为了获得他们的武器,土耳其人和其他人会用这些武器,杀掉传教士和改信基督教的人。"

撒旦的戏剧舞台再次变化,两三百年中,不同的国家在我们眼前更替:长长的一连串国家,让人肃然起敬,他们绵延不断,争执不断,战争不断,在鲜血流出的海洋上翻腾,战场上浓烟滚滚,让人无法呼吸,军旗在其中闪闪发光,大炮喷出鲜红的炮弹。我们始终能听见枪炮的轰鸣和濒死者的哀号。

"这一切都是为了什么?"撒旦一声

冷笑，表情阴森，"什么也得不到。你们什么也得不到。你们死的时候，会像刚生下来一样，孑然一身。几百年的时间，人类不断繁殖，继续着这种无聊的荒唐事，毫无变化……为了什么目的？没有任何目的是智者能明白的！受益人是谁？几乎没有任何人受益，除了一小撮篡权的小君主，还有小贵族——都是看不起你们的人。如果你们碰到他们，他们会觉得脏；如果你想去他们家里做客，他们会啪地关上门；你们给他们干活，他们会把你们当成奴隶；你们抗争，你们就会死，而且他们不会为此感到羞耻，反而感到骄傲；他们的存在就是对你们人格的永恒侮辱，而你们却害怕提出质疑；他们是一群行乞者，盯着你们的施

舍物，对你们的态度却像恩人面对流浪汉一般；他们对你们说话，就像主人对奴隶说话，你们却像奴隶对主人一样对他们说话；你们在嘴上对他们恭恭敬敬，可是在你们心里，如果你们有心的话，你们又瞧不起他们。第一个人类是个伪善者，一个懦夫，现在他的后代身上依然具有这些品质——那是所有文明建立的基石。让我们为文明永存而干杯！为文明发展干杯！为……"

可是，他能在我们脑中看到我们受到了多大的伤害。他停了下来，不再嘲笑我们，改变了态度。他用温柔的口气说：

"不说这些了。让我们为我们的健康干杯，不说文明了。我想一想就凭空变出的这几杯美酒不过是人间佳酿，适合别的

场合来祝酒。来吧，扔掉你们的杯子。这次，你们要喝的可是人间从未有过的美酒。"

我们听他的话扔掉杯子，然后伸出手，抓住了从天上落下来的新杯子。酒杯的形状和谐完美，杯子的材质我们从未见过。杯子仿佛在动，如活物一般，而且毫无疑问，它的颜色一直在变幻。杯子非常耀眼，光芒万丈，光线深浅变化不断，又爆发出各种迷人的色彩，真可谓流光溢彩。那光晕就像蛋白石上的一样，将美丽的火光映在我脸上。而那酒本身，简直无可匹敌。我们抿下一口，便觉得全身有种奇异的迷醉感，让我们神魂颠倒，仿佛天堂穿过了我们的身体，塞皮双眼噙着泪水，崇敬地说：

"总有一天，我们会上天堂的，在那儿……"

他偷瞟了撒旦一眼，我觉得他是希望听到撒旦回答：

"是的，你们有一天会上天堂的。"

可撒旦似乎在想别的事情，没有回答。这让我感到恐惧，因为我知道他一定听见了，他什么都能听见，不管是说出口的还是没说出口的。可怜的塞皮，看上去很是痛苦，话都没有说完。这时酒杯飞了起来，冲破了天际，仿佛三个闪烁的小太阳，旋即消失。酒杯怎么飞

走了？这就像个不祥的预兆，我的心情越来越沉重。有一天我能再见到我这只天堂来的酒杯吗？那塞皮呢，他能见到他的那只酒杯吗？

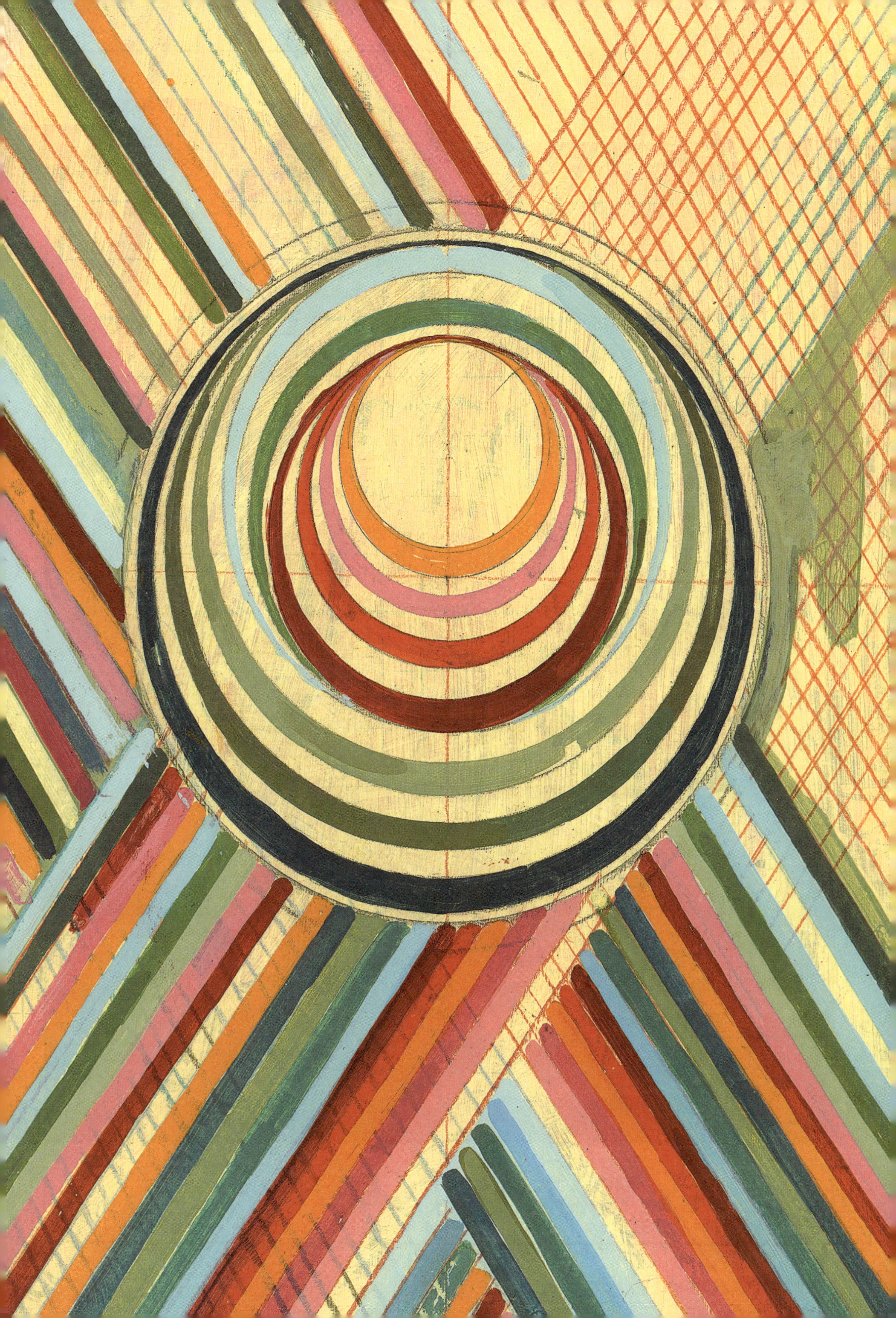

第 9 章

真是太神奇了，撒旦……

能掌控时间和空间。对他来说,时空是不存在的。他把时空看作人类的发明,用小零件造出来的东西。我们经常跟着他到天南海北,去待几个礼拜,几个月,可我们实际上只离开家不到一秒钟,将将好一秒钟。

  一天,我们的村民终于受够了巫术委员会,委员会既不敢抨击占星家,也不敢斥责彼得神父一家。事实上,这个委员会只敢欺负手无寸铁的可怜人。村民们终于忍无可忍,他们自发组织起来,追捕女巫。他们要抓的是一个思想单纯的女人,因为众所周知,这个女人会用巫术给人治病:她让自己的病人浸在水里,清洗身体,给他们吃东西,而不是像理发师兼外科医生那样,靠给人放血、净化来治病。她跑得上气不接下气,后面追着一群扯着嗓子大叫的人。她想躲进屋里,可每家每户都对她大门紧闭。他们追了她半个多钟头(我们一直跟着看到了一切),当她累倒在地的时候,他们抓住了她。他们把她拖到树下,在树枝上绑了一根绳子,系成绞索。这段时间里,其他人将她按住,任凭她哭喊求饶都没有用。她的小女儿哭着目睹这一切,可她一句话也不敢说,什么也不

他潇洒的举止，目中无人的态度，就像他的音乐一样来自异乡，全镇子的人都觉得他很可疑，已经有很多人私下里想对付他了。就在这时，胖乎乎的马蹄铁匠站了出来。他抬高声音，让所有人都能听见，然后斥责撒旦道："是谁让你笑的？回答我！还有，你要向大伙儿解释，你为什么不丢石头。"

"你肯定我没有丢石头吗？"

"对。你这样可不行。我刚才看见你没丢。"

"我也是！我刚才也看见了！"另外两个人大喊。

敢做。他们把她吊在树上，我向她丢了一块石头，心里却很同情她。可所有人都向她丢石头，每个人都看着身边的人，如果我不像其他人一样丢石头，就会有人发现，会被人说闲话。撒旦一声大笑。

他周围的所有人都转过身来，目瞪口呆，恼羞成怒起来。他这时候放声大笑可是选错了时间啊。

"有三个证人。"撒旦说,"穆勒,马蹄铁匠;克莱因,肉店店员;费弗,织布工徒弟。三个说谎的普通人。还有别人吗?"

"有没有别人不重要,你怎么看我们也不重要,三个人做证足够了。你要向我们证明你丢石头了,不然一会儿你可好过不了。"

"说得好!"人群一边喊,一边向这里聚集过来。

"首先,你要回答另一个问题。"马蹄铁匠很高兴成了在场所有人的代言人、这天的英雄,于是问道,"你觉得什么事这么可笑?"

撒旦微微一笑，开玩笑似的回答："看见三个胆小鬼向一个将死的女人丢石头，而他们三个不知道，他们自己也快死了。"

面对这突如其来的冲击，迷信的人群明显缩成了一团，屏住呼吸。马蹄铁匠却继续倔强地放肆说："呸！你知道什么？"

"我？我无所不知。我的职业就是占卜师，我从你们的手相上看出来的。你们三个，还有其他几个人，你们抬手向女人丢石头的时候我就看见了。你们其中一个会在八天后死掉；另一个今晚会死；第三个只能活五分钟了。

"快看那边！看那钟！"

他的话引起了轰动。旁观的人都面色苍白，机械地转向大钟。肉店店员和织布工像被突然发作的疾病击垮了，只有马蹄铁匠再次鼓起勇气，继续用兴奋的语气说："我们很快就能看到第一个预言了。要是预言失败，年轻人，你可没有几分钟可活了。我跟你保证。"

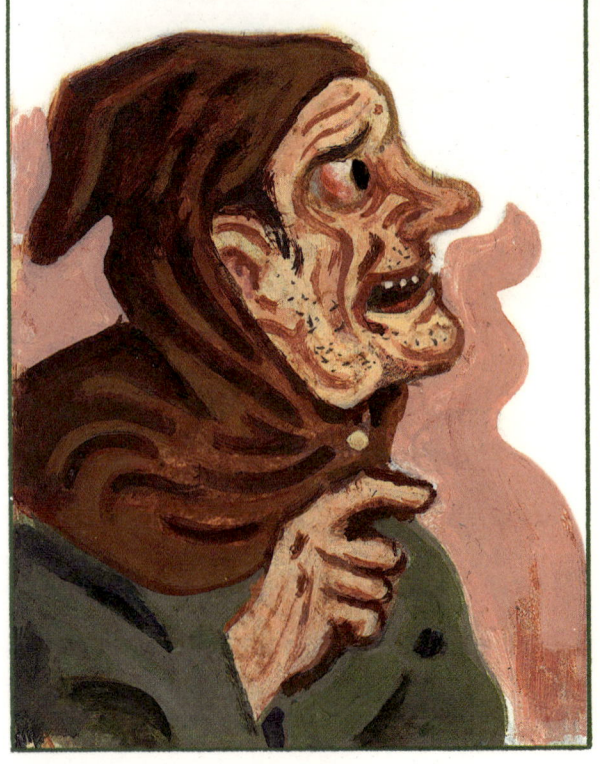

没人说话，所有人都一动不动地盯着钟。四分半钟过去的时候，马蹄铁匠突然上身一抖，双手拍着自己的胸口说："我吸不进气了！让开！"话音刚落，他就摇晃起来。众人一起向后退去，没人上前帮忙，他重重地摔在地上，死了。人群一动不动地盯着他，然后望向撒旦，又面面相觑，他们的嘴在动，却没有发出任何声音。最后，撒旦说：

"三个人看见我没有扔石头。也许还有其他人看见了，这些人可以站出来说啊。"

人群惊慌失措起来，没人回答他，甚至有很多人出来指责身旁的人："你，你刚才不是说他没有丢石头吗！"

"骗子，你给我收回这句话！"

一眨眼的工夫，人群就骚动起来，打成了一团。人群中央，唯一无动于衷的只有那位死去的女人，被挂在绳子上，没有了烦恼，已经安息了。

我们在这时离开了那里。我感觉很不舒服，因为我想："撒旦对他们说，

148

他笑的是他们,可他在说谎。他嘲笑的是我。"

这个想法又让他开心起来。

"对,我是在笑你,"他对我说,"因为你害怕别人说你,就向这个女人丢石头,而你是抗拒这一行为的。可我也笑其他人。"

"为什么?"

"因为他们也跟你一样。"

"为什么这么说?"

"是这样,在场的六十八个人里,有六十二个跟你一样,并不想向女人丢石头。"

"撒旦!"

"哦,这可是真的。我了解你们人类。你们就是一群羊。人类是由少数人统治的,从来不受多数人控制,或者说这种情况很少见。人类克制自己的情绪和信仰,从而服从声音最大的那一小部分人。有时,这部分声音大的少数人是对的,有的时候他们是错的,可无论什么情况下,大众都会服从他们。人类中的大多数人,

无论是野蛮人还是文明人,私底下都是善良的,不喜欢欺负别人,但是在既强势又无情的少数人面前,他们都不敢表明自己的态度。你们好好想想!要让一个善良的人监视另一个善良的人,还要保证他忠诚于这种不公正的事情,那

可是令他和另一个人都感到恶心的事情。我作为这方面的专家，知道你们人类里有百分之九十九的人是反对处决女巫的，而这桩蠢事最开始是由一小撮拥护上帝的疯子发动起来的，那是很久以前了。而且我知道，尽管偏见四处散播，愚蠢的教诲持续多年，如今二十个人中也只有一个真心想对女巫行刑。但是表面来看，似乎所有人都痛恨女巫，想要

她们死掉。将来有一天，会有一小群人从另一方站起来，发出更大的声音，也许甚至只是一个大胆的人，发出非常大的声音，表现得非常笃定，也就够了。只需一周时间，所有的羊就都会转过来跟随他走，对女巫的追捕就会突然结束。人总是不信任他的同类，而且为了相处融洽，为了安全考虑，人总希望别人能喜欢自己。这正是你们人类的一大缺陷，而君主制、贵族制和宗教全都是在此基础上建立起来的。这些制度将一直存在，继续繁荣发展，压迫你们，侮辱你们，让你们变得卑微，因为你们将永远是少数人的奴隶。这些制度下的任何国家里，大多数人内心深处都并不忠实于其制度。"

我不愿意听他把我的同胞们说成是羊，便提出了抗议。

"可这是现实，我的小羊羔。"撒旦回答我说，"你们想想你们打仗的时候！你们跟羊一样，多么顺从！你们太可笑了！"

"打仗的时候？为什么这么说？"

"没有一场战争是公正的、光荣的，至少从侵略者角度看是没有的。我能看到未来一百万年间发生的事情，这个规则从来没有改变过，无论有多少改变的机会。一直都是如此，一小撮人喊得最响，要发起战争。起初，教会较为谨慎，

对战争持怀疑态度,从而反对战争;国家的大部分国民昏头昏脑的,睡眼惺忪地揉揉眼睛,想知道为什么必须上战场,直接愤怒地说:'这不公平,这是耻辱,根本没有必要。'而那一小撮吵吵嚷嚷的人会吵得更响。另一方面,有几个有学识的人会通过演讲,通过写作,为反对战争而进行思考和辩论,刚开始还有人听他们的,为他们叫好,可这并不长久。其他人叫的声音更高,这个时候反战的人已经越来越少了。用不了多久,我们就会看到一个奇特的现象:演讲者被人用石头砸下讲坛,言论自由被狂热的乌合之众所扼杀,这些人心底还是像刚刚丢石头的人一样,可这时再也不敢说出来了。就这样,整个国家,包括教会,都会为战争叫好,

为战争喊破嗓子,任何敢于开口的正直的人都会受到暴力压迫。然后,控制国家的人会编出些蹩脚的谎言,把错误怪在被入侵的国家身上,这样,这些谎言会让所有人感觉心里好受很多,大家还会怀抱着热情去研究它们,拒绝听到一丁点反对的意见。这样刚好,每个人都认为战争是公正的,还会感谢上帝,让他在滑稽的自我欺骗之后还能睡个好觉。"

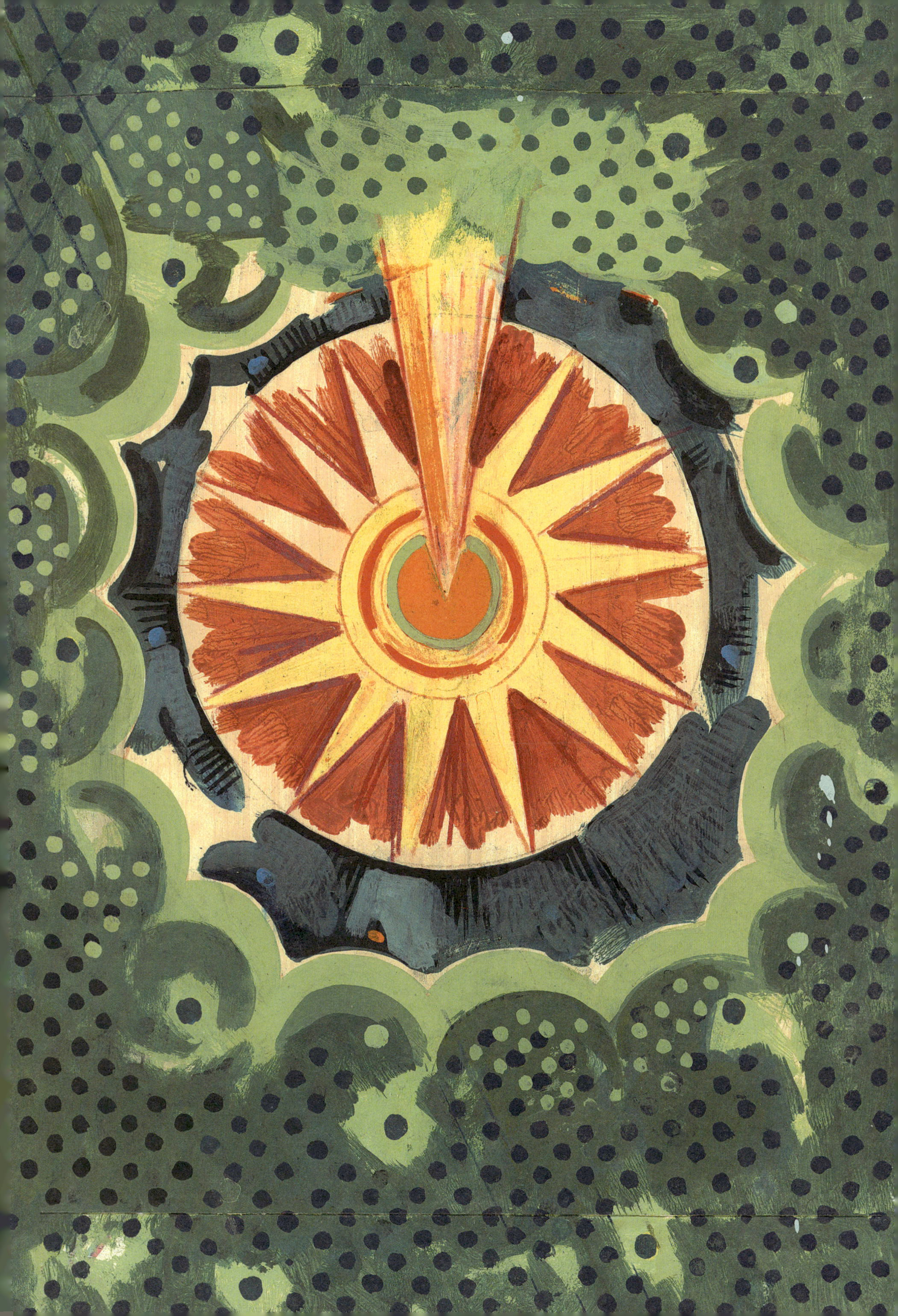

第 10 章

时间过去了很久……

撒旦一直没有出现。没有他在,我们总觉得无聊。可占星家从登月旅行回来了,顶着舆论的压力在村子里闲逛,时不时会有石头砸在他背上,那是痛恨巫术的人躲起来,在没有风险的情况下,有机会就扔出来的。这段时期里,玛吉特身上发生了两件好事。撒旦不再去她家拜访,之前去的那一两次,无论她表现得如何娇媚可爱,撒旦都冷脸相对,让她感到丢脸。她发誓要彻底忘掉撒旦。老乌苏拉时不时会向她汇报,威廉·迈德林有些什么放荡的举动,都是这位年轻男子嫉妒撒旦造成的,她听了也满心悔恨。现在倒好,她对两个人的态度都往好的方向转变了:她对撒旦越来越冷淡,反过来对威廉就越来越热情。年轻的律师只要鼓起勇气,在众人面前被人看好,重新为人们所接受,就能彻底获得玛吉特的倾心。

恰好机会来了,玛吉特叔叔的案子眼见就要开庭,于是她请威廉为自己的叔叔辩护。威廉欣喜若狂,不再酗酒,认真地为庭审做准备。官司很难打,他没有抱太大希望,所以非常努力。他找了很多证人问话，跟我和塞皮一起在他的办公室里，一遍又一遍地筛选证据，想在里面找点有用的出来，可是很自然，几乎找不到什么。

要是撒旦回来就好了！我一直这么想。他肯定能想出一计，打赢官司。既然他之前预言

过官司能赢，那他肯定知道
怎么打赢。可日子过得好慢好慢，他始终没有出现。当然了，我深信彼得神父能赢，深信他余生能过得幸福，因为撒旦这么说过。可我还是忍不住想，如果他能来告诉我们怎么做，我会更有信心。现在该到彼得神父扭转局面的时候了，因为就像大家说的那样，他被关在狱中，受尽凌辱，变得精疲力竭，如果不能早点帮他解脱，他很可能会在里面送命。

最后终于开庭了，全村的人都来了，甚至还有人从很远的地方特地来参加。没错，所有人都来了，除了被告。彼得神父身体太过虚弱，根本没法撑完整场庭审。玛吉特来到现场，她尽量表现出乐观的样子，充满希望。那笔钱也在现场。钱被倒在桌上，被少有的几个有此权利的人把弄，摸来摸去，仔细检查。

占星家被传唤到了证人席上。为此，他提前戴上了最帅气的帽子，穿上了他最漂亮的那件宽袖长外套。

法官提问："您肯定这笔钱属于您吗？"

占星家回答："是的。"

法官:"您从哪里得到的这笔钱?"

占星家:"有一次我旅行回来路上捡到的这袋钱。"

法官:"什么时候?"

占星家:"两年多前。"

法官:"您怎么处理这笔钱的?"

占星家:"我把钱带回了家。藏在观星塔一个隐蔽的角落里,想回头如果能找到钱的主人,就还给他。"

法官:"您试过寻找钱袋的主人?"

占星家:"我花了几个月时间认真找过,可还是没找到。"

法官:"然后呢?"

占星家:"我觉得继续寻找下去没有意义,所以决定把这笔钱捐出去,捐给照顾孤儿的修道院。所以我把钱拿出来数了数,看看数额对不对。就在这时……"

法官:"您怎么不说了?继续说啊。"

占星家:"要把这事说出来,我的心太难受了。当时我刚好数完钱,把钱袋收起来,我刚抬起头,就看见彼得神父站在我后面。"

底下有人窃窃私语说:"这下证据确凿了。"可有人反驳说:"哼,这个骗子!"

法官:"您当时紧张了一下?"

占星家:"没有。当时我还没想到,因为彼得神父经常不请自来,需要钱的时候来求我帮忙。"

听到占星家这样骗人,厚颜无耻地控诉她叔叔,玛吉特气得涨红了脸,要知道,占星家可是众所周知的伪君子。她差点想抗议,不过还是忍住了,保持了沉默。

法官:"请继续。"

占星家:"最后,我决定把钱捐给收容所。我想再等一年,再调查一番。有人跟我提起彼得神父捡到钱的事情,我还挺高兴的,完全没有怀疑。过了一两天,我回家的时候,发现钱不见了,也没有怀疑他。可三个巧合让我不得不怀疑彼得神父走好运捡到钱这个事情了。"

法官:"请说出是哪三个巧合。"

占星家:"彼得神父是在小路上捡到钱的,而我是在大道上捡到钱的。彼得神父捡到的钱全都是金杜卡托,跟我的一样。彼得神父捡到的钱一共有一千一百零七杜卡托,刚好跟我的钱数一样。"

他就这样结束了证词,无疑给在座的所有人留下了深刻的印象,明眼人都能看出来。

威廉·迈德林向他提了几个问题,然后叫我和塞皮上去做证,把我们的所见所闻讲出来。在场的人一阵哄笑,让我们觉得好羞耻。而且,我们没有胜算,因为威廉没有抱任何希望,还表现了出来。可怜的威廉尽到了最大努力,还是没有任何优势,很明显,并没有人同情他的当事人。考虑到占星家的性格,也许法官、陪审团和听众不是那么相信他的故事,可彼得神父的故事听上去就不像真的。占星家的律师宣称不需要向我们提问的时候,我们已经彻底气馁了,因为我们的故事本身就不堪一击,根本经不起推敲。所有人都大笑起来,我们差一点就撑不住了。然后,律师发表了一番简短的讲话,嘲笑讽刺我们的故事,说我们的故事从任何角度来看,都是可笑、幼稚、愚蠢的,根本不可能,让在场的所有人都笑掉大牙。玛吉特终于撑不住了,她瘫在座位上号啕大哭,我心里很痛,很同情她。

就在这时,我发现了什么,让我重新燃起了希望。是撒旦!他站在威廉身旁!那是多么鲜明的对比啊!撒旦看起来那么自信,一副热血沸腾的模样!他身边的威廉垂头丧气,一副萎靡不振的样子。我和塞皮再次充满了信心:我们知道，撒旦要来做证了，他能说服法官和听众，哪怕把黑的说成白的，把白的说成黑的，或者随便什么颜色。我们转头看了看周围，想知道远道而来的外乡人是怎么看撒旦的，因为他那么英俊潇洒，气宇轩昂。可没人发现他。这时我们才明白，他隐了身。

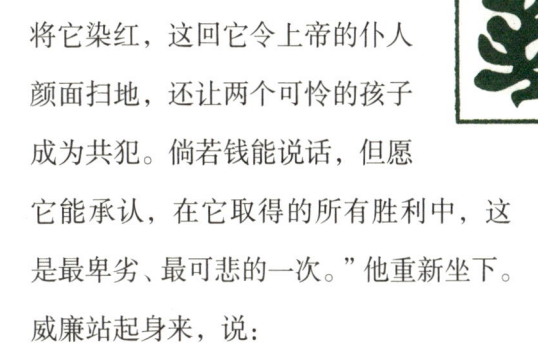

将它染红，这回它令上帝的仆人颜面扫地，还让两个可怜的孩子成为共犯。倘若钱能说话，但愿它能承认，在它取得的所有胜利中，这是最卑劣、最可悲的一次。"他重新坐下。威廉站起身来，说：

"根据原告的证词，我了解到，他

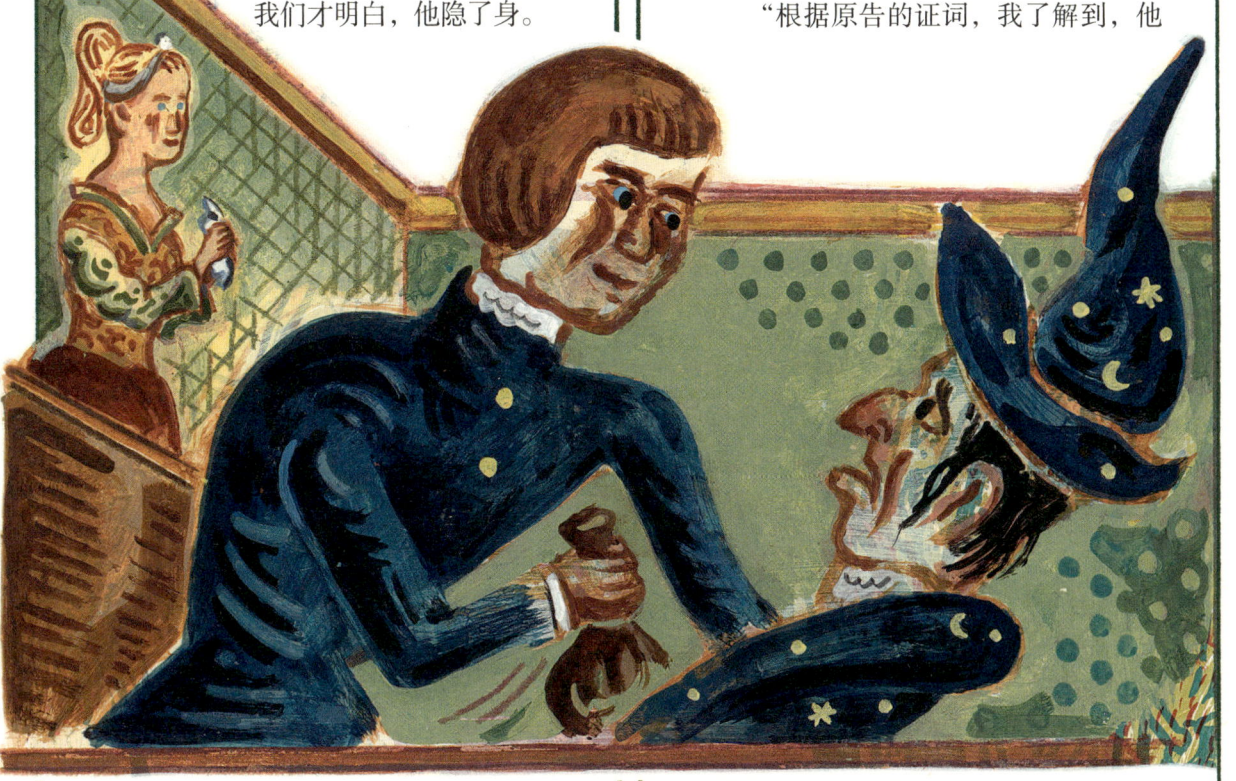

律师终于讲完了他那一大段辩词。就在他说话的时候，撒旦附到了威廉身上，看不见了。就在这时，威廉的表情变了，眼中充满了活力。

对方律师庄严地总结陈词，语调更加严肃。他指着钱袋宣称："爱财是所有恶之根源。金钱，就摆在我们面前，它自古以来都是诱惑人的魔鬼，如今它又胜利了一次，它所带来的耻辱再一次

是在两年多前在大道上捡到的这笔钱。先生，如果我理解错了，请您纠正我。"

占星家确认说他没有理解错。

"之后这笔钱从来没有离开过他家，一直到确定的某一天——也就是去年的最后一天。先生，如果我理解错了，请您纠正我。"

占星家摇摇头。威廉转向法官。

"如果我能证明我们面前的这笔钱

不是占星家的那笔钱,您是不是就能确认这笔钱不属于占星家?"

"当然,不过这不合规。如果您有证人要做证,那么您有义务提前正式告知法庭,才能传唤……"

他停下来,跟同事商量起来。这时,对方律师很积极地站起身来,开始抗议,说案子已经到这个阶段了,不能在这时候才传唤新证人。

法官们最终认定,抗议有效,不能传唤新证人。

"可我的证人不是新证人。"威廉说,"证人已经被问询过了。我说的是这些钱币。"

"钱币?钱币能说什么?"

"它们能说出自己不是占星家的那笔钱里的。它们能说自己在去年十二月份的时候还没有流通。它们能用自己身上标记的年份证明这一点。"

对呀!听众们一片哗然,对方律师和法官抓起钱币,细细端详,发出阵阵惊叹。

这时,所有人都开始钦佩起威廉的智慧来,居然想到了这么绝妙的点子。最后,法官要求法庭上肃静,然后当庭宣判:"所有的钱币,除了一枚之外,都标有今年的年份。法庭向被告表示深切的同情和诚挚的歉意,竟然因为不应发生的错误,让他,一位无辜之人,被迫入狱,接受审判,受到不该受的凌辱。本案到此结束。"

钱还真能说话,尽管对方律师之前认为不能。法庭全体起立,几乎所有人都上前来跟玛吉特握手,为她祝贺,然后跟威廉握手,把他夸赞一番。撒旦已经从他身体里出来了,兴趣盎然地看着这一幕,人们从各个方向穿过他透明的身体,根本没有觉察到他的存在。而威廉也没法解释,自己为什么到最后一刻才想起钱币上标了年份这个法子,为什么早没想到呢。他说他是突然想到的,就像神灵感应一样,然后他便毫不犹豫地说出来了,尽管他还没有查看过钱币,但是他朦朦胧胧地知道自己说得没错。他很诚实,实话实说。如果换一个人,很可能会说,自己早就想到这个点子了,只不过一直没说,想等到最后造成戏剧性的效果。

他已经失去了一些光辉。不是很明显,但还是能看出来,他的眼神中已经没有撒旦附在他身上时的那种闪光了。不过,玛吉特来祝贺他、感谢他的时候,他立刻精神起来,玛吉特为他骄傲的表情完全展现了出来。占星家大为恼火,骂骂咧咧地离开了,所罗门·伊萨克把钱币都收好,准备带走。这下,彼得神父可以光明正大地拥有这笔钱了。

撒旦不见了。我觉得他应该是瞬间

移动到了监狱里，把这好消息告诉神父，我确实猜对了。玛吉特跟我们其他人一起，用最快的速度跑到了监狱。我们都开心坏了。

可事实上，撒旦是这样做的：他出现在了可怜的囚犯面前，欢呼道："案子结束了，法官宣判，您将被当作盗窃犯……永远不被饶恕！"

这打击来得太大，让老人丧失了理智。十分钟后，我们到监狱的时候，他正迈着高傲的步伐，踱来踱去，向警察和看守发号施令，把他们称为侍从总管、这个亲王、那个亲王的，还有海军上将、总司令，还有其他很浮夸的头衔。他把自

己当成了皇帝！快乐得不行！

　　玛吉特扑到他怀里，大哭起来，其实在场的所有人都动了情，心如刀割。他认出了自己的侄女，可不明白她哭什么。他拍着玛吉特的肩膀，对她说："亲爱的，不要哭，你看有这么多人看着呢，这跟你公主的身份可不相称啊。告诉我你为什么忧伤，我们来帮你解决。有什么事情

是皇帝办不到的呢。"

　　然后，他看看周围，发现老乌苏拉正抓起围裙抹眼泪。他看见她也在哭，觉得奇怪，就问："您呢？您又怎么了？"

　　老乌苏拉哭哭啼啼，好不容易挤出几个字，意思是说她看到他……"这样"，觉得特别心疼。

　　他想了想她的话，便咕哝起来，仿

佛在说给自己听:"这个老公爵夫人呀,脾气真奇怪……她这人骨子里不坏,就是爱哭,还说不清哪里不满意。那是因为她什么都不懂。"

然后他的眼光转向了威廉。"这位印度王子,想必公主那么多愁善感,是为了你吧。我再也不插手你们的事了,她将与您共同继承您的王位,我也会把我的皇位传给你们。我的小公主哟,你看我这样做如何?现在你能笑一笑了吧?"

他轻抚着玛吉特的头,亲吻着,对自己和大伙儿都非常满意。他已经不知道该如何让我们开心了,于是开始给我们分起国土和封地来,每个人最小也能得到一个公国。最后,我们终于说服他回家,他威严地走在队伍中间,路边的人群看到他受到热烈欢迎以后显得兴高采烈,便索性热情地欢呼喝彩,让他开心个够。他一边用高傲的态度向他们问好,一边优雅地微笑,时不时伸出手说:"祝福您,我的好臣民!"

我从没有见过如此让人难受的一幕。玛吉特和老乌苏拉哭得停不下来!

回家路上,我遇见了撒旦,怪他欺骗了我。他一点反应也没有,只是平静地回答说:"哦,你弄错了。我说的是真的。我说他余生会很幸福,而他的确很幸福,因为他会一直把自己当作皇帝,他会一直高傲、快乐到最后。现在,他是整个帝国中唯一一个完完全全幸福的人,而且他会一直幸福下去。"

"可您用的方法,撒旦,这方法!您难道不能让他幸福的同时又不丧失理智吗?"

想要惹恼撒旦是很难的,可这次我做到了。

"愚蠢的人类!"他对我说,"所以你根本就没用心学,还是不明白神志

清醒与幸福是不能兼得的！任何神志清醒的人都不可能幸福，因为对他来说，生活是真实的，他知道生活有多残酷。只有疯子才能感到幸福，还有少数几个人。少数把自己看成国王或者神的人是幸福的；其他人，尤其是神志清醒的人，就更不幸福了。当然了，人也不能一直保持理性，可我说的是最极端的例子。

我从这个男人身上拿走的，是骗人的东西，就是人类所谓的精神。我用梦幻般的、包金一样的生活替换了他原来那白铁皮一样平淡的生活。你看到结果了……而你还要批评我！我曾说过要让他永远幸福，我做到了。我用唯一能让你们人类感到幸福的方法令他幸福……而你还要抱怨！"

他泄了气似的长叹一口气,继续说:

"你们从来不满足,你们这些人。"

你们看,问题就在这里。很明显,他给人帮忙的方式只有杀人,或者把人变疯。我尽可能向他道歉,但是此时,在我内心深处,我并不觉得他的做法是对的。

撒旦总说,我们人类靠欺骗自己过活,始终不断地欺骗自己。人从在摇篮起,到进入坟墓,一直被虚假的幻象所欺骗,还以为是现实,这就把人的存在本身变成了彻彻底底的大喜剧。人想象自己拥有二十多个优秀品质,还以此炫耀,可事实上,人几乎一个也没有。人把自己看成金子,其实自己不过是铜铁。有一天,在这一点上,撒旦提到一个细节:幽默感。我很是振奋,否认了他的话。我对他说,幽默感,我们也有。

"你看你们人类!"他立刻驳斥我,"你们总把你们没有的说成你们有的,把一丁点铜屑当成一吨金粉。你们对幽默感只有那么一丢丢模糊的概念,你们中有太多人都不可能拥有幽默感。那些人只会从平平无奇的万物中发现引人发笑的东西:大都是些失礼的言行。搞笑的事情,荒唐的话,只能引起马儿嘶叫。人类的眼界太低,根本看不到宇宙中、天穹上那千万种高级的笑话。不知道人类能不能有一天发现自己的幼稚行为是多么可笑,还能笑出来!并且嘲笑自己的幼稚,从而不再幼稚!

因为什么都平庸的人类,只具有一个有效的武器,那就是大笑。权力、金钱、说服、祈祷、迫害……利用这些手段,人的确可以在一个世纪接一个世纪的时间里,弱化庞大的骗局,慢慢将其推翻,将其削弱。可实际上,只需一声大笑,就能将其粉碎,让其化为碎片。什么也抵不过大笑的攻击。你们浪费时间,自以为是地行动,用其他武器斗争,都是徒劳。你们从不把大笑当作武器,从来不。你们把它放在那里让它生锈。作为人类,你们会使用它吗?不会。你们没有常识、没有勇气,根本没法使用它。"

那时我们正在旅行途中,在印度一座小城里歇脚,去看一个变戏法的人给当地人表演。他的戏法很神奇,可我知道撒旦能变得更好,于是我请求撒旦展现一下他的天赋,他答应了。他摇身一变成为当地人,扎着头巾,裹着缠腰布,还细心地给了我暂时听懂当地语言的能力。

变戏法的人拿出一粒种子,把它放在花盆里,用土盖上,然后在花盆上盖上一块布;一分钟后,那块布被抬高起来;又过了十分钟,布被抬了有一尺高;变戏法的人抽走了布,一棵小树展现在观众面前,上面长满树叶,挂满了成熟的果实。我们尝了尝果子,非常美味。可

撒旦问:"为什么要盖住花盆?您不能什么也不盖,让树直接长出来吗?"

"不能。"变戏法的人回答,"没人能做到。"

"您还是个新手。说到魔术,您还什么都不懂呢。把这粒种子给我。我来变给您看。"

他拿起种子,然后说:"我要种出来的是什么树?"

"这是一粒樱桃核。种出来的当然是樱桃树啦。"

"哼,不一定,那太简单了。任何新手都能做到。我种一棵橙子树出来,您觉得如何?"

"您确定?"变戏法的人哈哈大笑起来。

"除了橙子,您还想让我这棵树上结出其他果实?"

"如果上帝愿意!"

所有人都放声大笑。

撒旦将种子塞进土里,盖上一把尘土,然后说:"长吧!"

一根细弱的茎钻了出来,开始长高,长得飞快,才五分钟时间,就长成了一棵参天大树,为我们遮住了阳光。人群起初只是轻声地惊叹,当他们抬起头,在场的所有人都看到了非凡的盛景,大树的枝条上沉甸甸地挂满了五颜六色的各种水果:橙子、葡萄、香蕉、桃子、樱桃、杏子等等等等。人们拿来篮子,开始采摘水果。很多人挤到撒旦身边,来亲吻他的手,为他唱起颂歌,称呼他为"魔术王子"。消息传遍了整座城,所有人都赶来见一见这天之骄子,也没忘带来他们的篮子。这棵树真是没有辜负所有人的期望:树上的果子一被摘掉,就会在原来的位置长出新的来;篮子装满了十个、一百个,可树上的果子一点儿没少。最后,来了一个外国人,穿着白色亚麻布衣服,戴着殖民军的头盔,他一来就生气地大嚷:"都走开!一群脏狗!给我滚!这棵树在我的土地上,那就是我的财产。"

当地人放下篮子,卑微地听从命令。撒旦按照当地的习俗,将手指按在前额上,表示效忠,然后说:"我请求您,让他们享受一下这乐趣吧,就一个小时,先生,仅此而已。之后,您可以随意禁止他们,到时候您会享有更多的果实,能让您和整个国家吃一年都吃不完。"

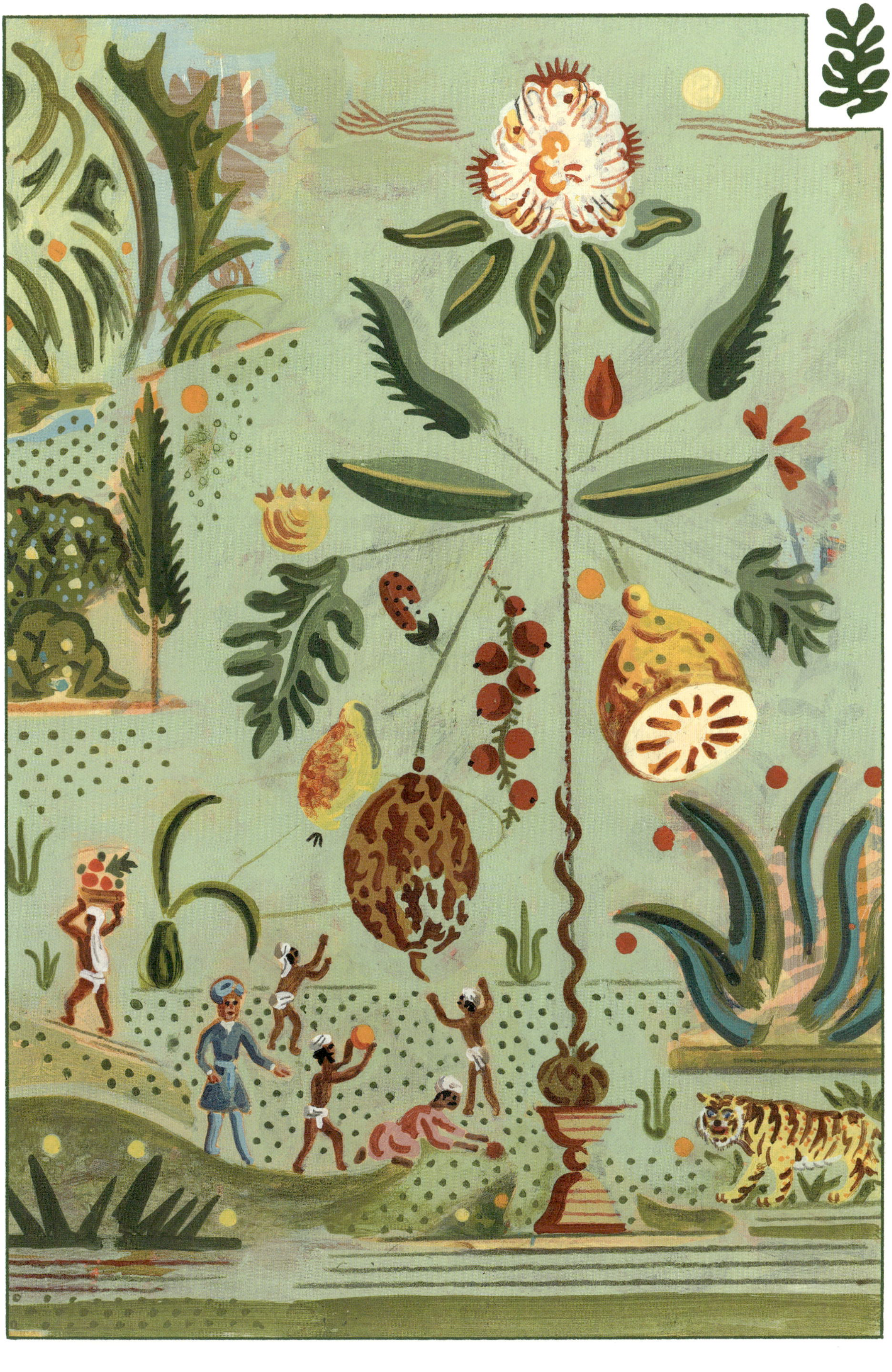

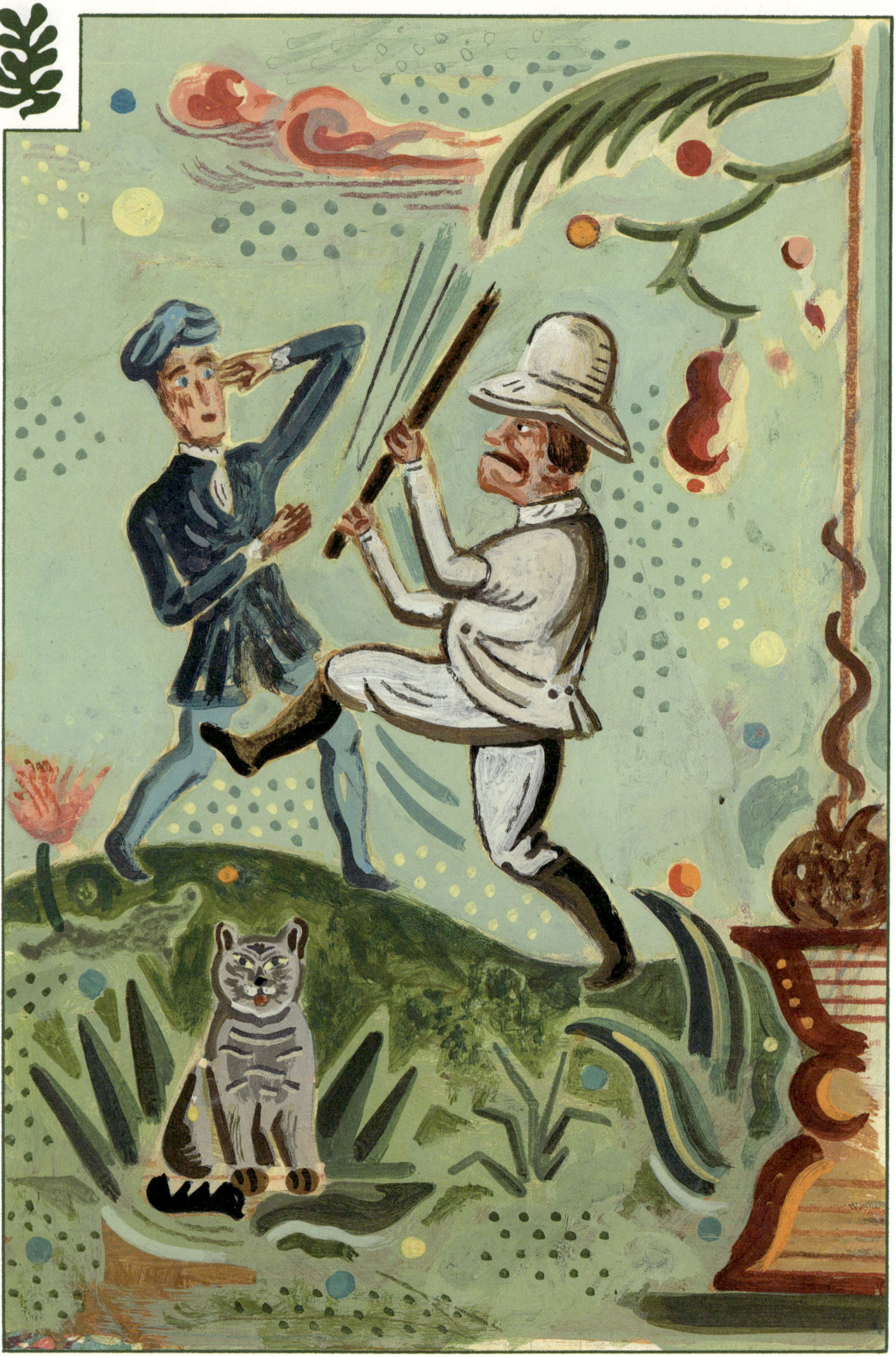

这话彻底惹怒了外国人。

"你算老几,流浪汉,竟然敢以下犯上,教我什么能做什么不能做!"

说着,他就抄起手杖要打撒旦,还一错再错,要踢撒旦一脚。

眨眼间,枝头的水果全部腐烂,树叶枯萎,纷纷掉落下来。

外国人看见光秃秃的枝子,一脸惊讶和不快。

"好好照顾这棵树,"撒旦对他说,"因为它的健康与您的健康息息相关。它再也不能结果了,但是如果您能好好照顾它,它还能活很久。每天晚上,每隔一小时给它的树根浇一次水,而且您必须亲自浇,这个工作不能交给其他任何人做,而且白天浇也没用。如果您漏掉一次,无论是哪天晚上没有浇水,树都会死掉,那么您也会死。您再也不要回自己的国家了,您到不了那里;您再也不要参与任何晚上必须出门的事务和娱乐活动,您可不能冒这个风险;不要将这个地方租出去或是卖出去,那样做非常不明智。"

外国人太过高傲,根本不会求人,可我感觉他是想求撒旦的。撒旦带着我消失在他面前,我们回到了锡兰。

我很同情这个男人,我很遗憾撒旦没有杀了他,或是让他变成疯子,就像撒旦平时爱做的那样。撒旦对他倒是很仁慈。撒旦听见了我的想法,对我说:"要是他没有妻子,我可能会那么做。他的妻子并没有冒犯我,她正在从故乡葡萄牙来这里的路上。她很健康,可也活不了多久了,她急着要见他,劝他明年跟她一起回国。她到死都不会知道他根本没办法离开那个地方。"

"他不会告诉妻子?"

"他?他不会把这个秘密吐露给任何人,他害怕有一天她在梦里会说漏嘴,让哪个葡萄牙客人的仆从给传了出去。"

"那些当地人呢?没人听懂您刚才对他说的话?"

"没人听懂,不过他害怕他们能听懂。这种恐惧会一直折磨他,因为对他们来说他是个残暴的主人。他会梦见他们来砍他的树。这会让他白天很难熬……晚上嘛,我已经让他很忙了。"

我见撒旦完全没有恻隐之心,给外国人安排了这样的命运还沾沾自喜,觉得有点伤心,但是并不非常伤心。

"他会相信您刚才对他说的话?"

"他不想相信,不过我们在他面前突然消失,他多少会更相信些。而且大树突然出现在那里,之前可是什么也没有……这也让他不得不相信。树上结满无数品种的果实,既神秘又不可思议,然后整棵树突然干枯……都会让他信。他就算再怎么想,推理来纠结去,都没有用,有一件事是确定的,那就是他肯定会给树浇水。从现在起到天黑,他开始新生活之前,会做一件对他来说很自然的事情……"

"什么事?"

"他会找个神父来,把树上的魔鬼驱走。你们人类真是可笑……他甚至不知道有没有树魔存在。"

"他会把一切告诉神父吗?"

"不会。他只会对神父说,有个孟买来的变戏法的,变出了这棵大树,他希望神父给大树驱魔,让树继续生长,结出果子来。神父念的咒语根本不会管用。然后这个葡萄牙人便会放弃这个念头,准备好浇水壶。"

"可神父会烧掉大树。我知道他会这么做。他不会留着大树。"

"没错,不管在欧洲的哪个国家,神父都会烧树,也会烧死人。可在印度,都是文明人,不会发生这样的事。男人会送走神父,然后照顾起大树来。"

我思考片刻,终于明白:

"撒旦,我非常肯定,您给他安排的是非常艰难的人生。"

"这是相对的。我们要明白,人生,可不会一直像度假那么快活。"

我们又开始像之前那样,在世界各地飞来飞去,撒旦向我展现了上百次奇迹,大多数都映衬出我们人类是多么弱小,多么微不足道。从那时起,他每天都要展现一下他的本领,倒不是出于恶意,这点我是清楚的,他只是觉得有趣,就像自然学家觉得蚁巢有趣一样。

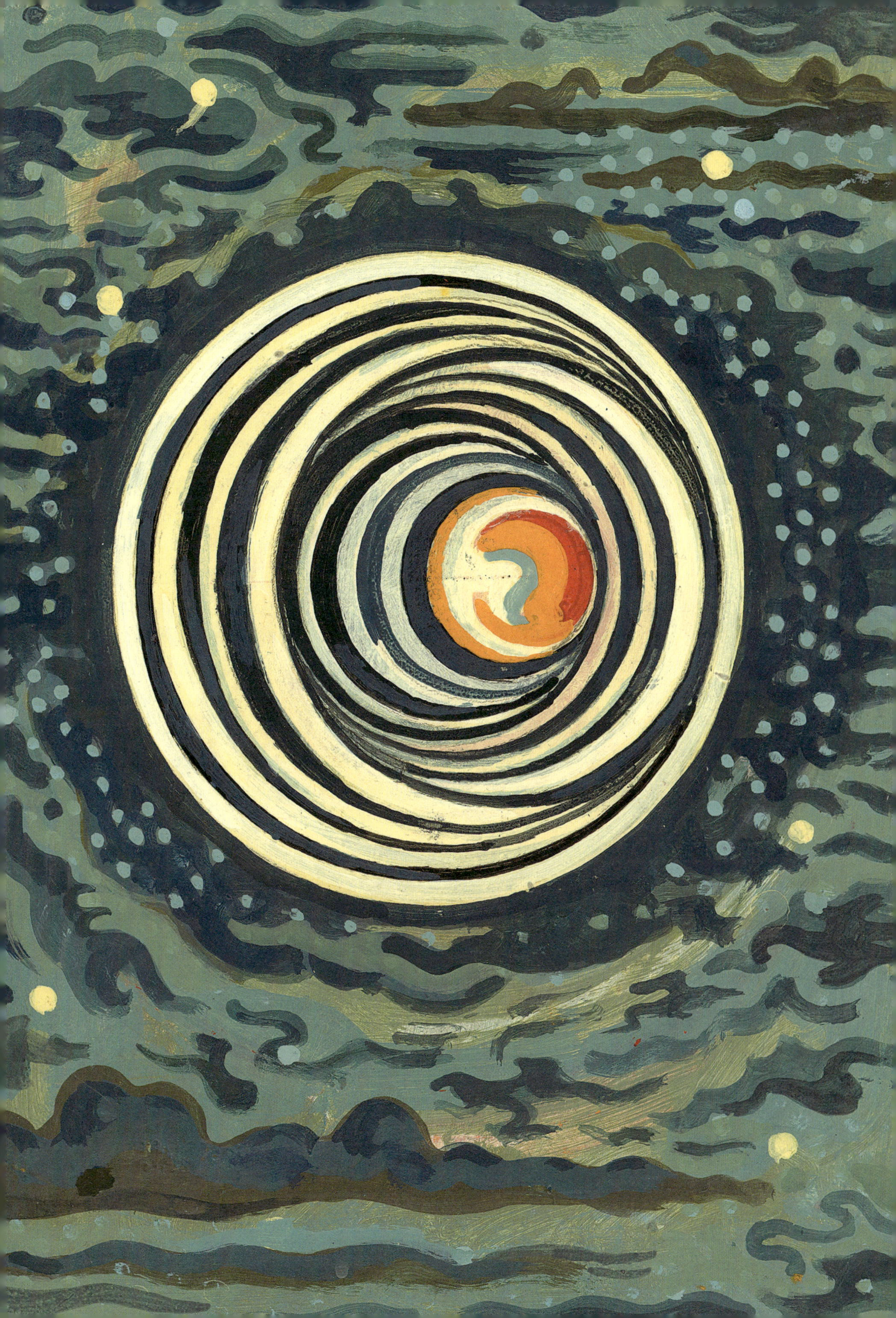

第 11 章

又过了大约一年时间……

撒旦继续来看我们，可间隔越来越长，后来有很长时间再也没来过。我很伤心，感到孤独，郁郁寡欢。我觉得他对我们的小世界失去了兴趣，随时都有可能永远结束与我们相伴的日子。终于有一天他来看我，我喜不自禁，可没有开心多久。他告诉我，这次是来向我告别的，这是最后一次见我。他在宇宙其他地方有其他要事，要花很长时间去做，我是等不起的。

"这么说，您这次走，就再也不回来了？"

"对。我们成为朋友那么久了，一直相处融洽。可如今，我必须离开了，我们再也不会见面。"

"这辈子我们不会再见了，那下辈子呢，撒旦？我们肯定会在下辈子再见的，对吗？"

这时，他平静而谨慎地给了我一个怪异的回答：

"没有什么下辈子。"

他对我的精神产生了一种微妙的影响，让我如沐春风，同时还带来了模糊不清的情绪，但又令人愉快、充满希望，让我觉得这番令人难以置信的话或许是真的，尽管那肯定是真的。

"你是不是早就猜到了，西奥多？"

"不是。我怎么可能猜到？可如果这是真的……"

"这是事实。"

我的内心充满了感激之情，可就在我要向他表达感激的那个瞬间，我的脑中闪过一丝疑虑，于是我说：

"可……可是……我们之前见过未来这段人生……我们确确实实看到过呀，所以……"

"那只是幻象。那根本不存在。"

我内心刚刚产生的巨大希望让我无法呼吸。

"只是幻象？幻象……"

"人生本就是幻象，梦一场。"

这如同晴天霹雳。天啊！我胡思乱想的时候，这个想法浮现过上千次！

"没有什么是真实存在的；一切都是梦。上帝……人……世界……太阳，月亮，布满星辰的无尽的天幕……都是梦，一场旷日持久的梦;这一切都不存在,没有什么存在,除了空虚的空间……

还有你!"

"我?"

"而且你不是你,你没有身体,也没有血肉,你只是思想。我自己,我也不存在;我只是一场梦,你的梦,是你的想象力创造出来的。下一刻,你就会明白,到时候,你会把我赶出你的幻象,我便会消失在虚无中,你最初就是从虚无中把我创造出来的……

我已经开始消亡了,我变得越来越透明,我就要消失了。用不了多久,你就会独自在无边的空间里,在无尽的孤独中游荡,没有朋友,没有伙伴,永远永远。因为你是思想,唯一存在的思想,本质上你是永不磨灭的,坚不可摧的。而我,不过是你卑微的仆从,我将你展现在你自己面前,让你获得自由。你继续做其他梦吧,做更好的梦!

真奇怪!那么多年你都没有觉察到!几百年,几千年,无尽的时间里,你都没有觉察到!

因为你,孑然一身,永恒存在着。

真奇怪!你居然没有觉察到,你的世界和世界里的一切,其实都只是梦境、幻象和幻想!

真奇怪!因为这些幻象如此癫狂,就跟所有的梦一样:上帝可以轻而易举地创造好孩子和坏孩子,可他更喜欢创造坏孩子;他本可以让创造出的孩子都过得幸福,却从不让任何一个孩子获得幸福;他让他们爱上自己如此艰苦的人生,却又让他们的人生戛然而止;他赋予天使永恒的幸福,尽管天使配不上这种幸福,反过来却又要求其他孩子必须配得上这种幸福才能获得幸福;他让自己的天使拥有无须痛苦的生命,却又让其他孩子痛不欲生,承受身体与精神的病痛;他总是谈正义,却又创造出地狱……谈宽恕,却又创造出地狱……谈黄金法则*，谈原谅人七十个七次**，却又创造出地狱；他对其他人谈道德，自己却不讲道德；他让犯罪的人受罚，却又犯下了所有的罪；他没有问任何人就创造出人类，然后让人类为他的行为负责，而不是自己来负责；最后，他还固执地让这些受虐待的可怜的奴隶去崇拜他！……

现在你明白了，这一切都是不可能的，除非在梦里。你明白这些都是纯粹不合理智的想法、幼稚的想法，无意识想象出来的、古怪离奇的东西。换句话说，这就是个梦，而你是梦的主人。所有梦的征兆都有；你本该更早发现的。

所有我向你所揭示的，都是真的；既没有上帝，也没有宇宙，也没有人类，没有人世，没有天堂，没有地狱。一切都是梦，一场滑稽可笑的梦。除了你，什么都不存在。

而你只是思想，飘忽不定的思想，无用的思想，无家可归的思想，在永恒的空虚中，孤独地游荡！"

他消失了，留下我一人，惊恐万状；

因为我知道，我明白，他说的唯有真理。

---

* 《新约·马太福音》中写道："你们愿意人怎样待你们，你们也要怎样待人。"

** 《新约·马太福音》中，门徒彼得问耶稣："主啊，我弟兄得罪我，我当饶恕他几次呢？到七次可以吗？"耶稣说："我对你说，不是到七次，乃是到七十个七次。"

175